天喜文化

从声音到文字，分享人类智慧

每天进步一点

蔡澜

有时，我们吃的不是食物，是一种习惯，也是一种乡愁。

甜
辣
淡
肥
軟
脆
清
爽
滑
鬆
酸
鮮
酸
濃
膩

把食物贡献给他，好像在说：『活吧！』
如果这些食物给他带来欢乐，就好像在说：
『活得高兴一点吧！』

怎么难吃也好，东方人去外国旅行，西餐一个礼拜吃下来，也想去一间蹩脚的中餐厅吃碗白饭。洋人来到我们这里，每天鲍参翅肚，最后还是发现他们躲在快餐店啃面包。

Breakfast
Stone
Make up
Oyster
ealla
Sushi
Golden
Cavier
Havana
ey
Rain
Very
Interesting
!!!

人生唯有美食不可辜负

蔡澜 著

天地出版社 | TIANDI PRESS

出版说明

蔡澜先生是知名的作家、美食家、电影人、主持人，博学多才，其文学作品充分体现了他自在悠闲、随意有趣的生活态度。

本次出版的系列图书，精选了蔡澜先生259篇经典作品，分为三册，从多个侧面展现了他真实、丰富而精彩的人生。其中，《人生唯有美食不可辜负》70篇，是关于吃的哲学，食在八方，畅言天下美食；《去看世界的热闹》118篇，讲述游走于世界各地，一路所见的人、事、物；《何妨慢生活》71篇，则是支招在快节奏的生活中如何张弛有度，放慢脚步，观照内心，提升幸福感。蔡澜先生以质朴简洁、幽默机趣的语言娓娓道来，向读者传递了积极豁达、随心自在的处世智慧。

由于蔡澜先生主要生活在新加坡和中国香港，他的作品中存在不少英语、粤语词汇以及他特有的习惯用法。编辑在加工处理时，英语部分，人名、地名等已基本改为现在通行的译名；粤语词汇等则以脚注形式进行注释，尽量保留作者原本的行文用字，以呈现原汁原味的作品，使读者能够欣赏到生动精妙而率真的蔡澜式散文。

目录
CONTENTS

第一章 大自然的恩赐

第二章 为了这道菜

第三章 食在八方

第四章 吃的讲义

第一章

大自然的恩赐

做菜不是一门什么高科技，永远要相信熟能生巧。

一个完美的蛋

我这一生之中，最爱吃的，除了豆芽之外，就是蛋了。一直在追求一个完美的蛋。

但是，我却怕蛋黄。这有原因，小时生日，妈妈焓[1]熟了一个鸡蛋，用红纸浸了水把外壳染红，是祝贺的传统。当年有一个蛋吃，已是最高享受。我吃了蛋白，刚要吃蛋黄时，警报响起，是英国飞机来轰炸日据新加坡，双亲急着拉我去防空壕，我不舍得丢下那颗蛋黄，一手抓来吞进喉咙，噎住了，差点呛死，所以长大后看到蛋黄，怕怕。

只要不见原形便不要紧，打烂的蛋黄，我一点也不介意，照

---

① 焓（xiá）：粤语词，指用大量沸水将肉质较韧的食物在炉火上炆软、炆熟。——编者注

食之，像炒蛋。说到炒蛋，我们蔡家的做法如次：

用一个大铁镬[1]，下油，等到油热得生烟，就把发好的蛋倒进去。事前打蛋时已加了胡椒粉，在炒的时候已没有时间撒了。鸡蛋一下油镬，即搅之，滴几滴鱼露，就要把整个镬提高，离开火焰，不然即老。不必怕蛋还未炒熟，因为铁镬的余热会完成这件工作，这时炒熟的蛋，香味喷出，不必加其他配料。

蔡家蛋粥也不赖，先滚了水，撒下一把洗净的虾米熬个汤底，然后将一碗冷饭放下去煮，这时加配料，如鱼片、培根片、猪肉片。猪颈肉丝代之亦可，或者冰箱里有什么是什么。将芥蓝切丝，丢入粥中，最后加三个蛋，搅成糊状，即成。上桌前滴鱼露、撒胡椒、添天津冬菜，最后加炸香的干红葱片或干蒜蓉。

有时煎一个简单的荷包蛋，也见功力。和成龙一块儿在西班牙拍戏时，他说他会煎蛋。下油之后，即刻放蛋，马上知道他做的一定不好吃。油未热就下蛋，蛋白一定又硬又老。

煎荷包蛋，功夫愈细愈好。泰国街边小贩用炭炉慢慢煎，煎得蛋白四周围发着带焦的小泡，最香了。生活节奏快的都市，都做不到。香港有家叫“三元楼”的，自己农场养鸡生蛋，专选双仁的大蛋来煎，也没什么特别。

成龙的父亲做的茶叶蛋是一流的，他一煮一大锅，至少有

① 镬（huò）：锅。——编者注

四五十粒，才够我们一群饿鬼吃。茶叶、香料都下得足，酒是用XO白兰地，以本伤人[①]。我学了他那一套，到非洲拍饮食电视节目时，当场表演，用的是巨大的鸵鸟蛋，敲碎的蛋壳造成的花纹，像一个花瓶。

到外国旅行，酒店的早餐也少不了蛋，但是多数是无味的。饲养鸡，本来一天生一个蛋，但饲养者急功近利，把鸡也给骗了。开了灯当白天，关了当晚上，六小时各一次，一天当两天，让鸡生二次。你说怎会好吃？不管他们的炒蛋或者奄列[②]，味道都淡出鸟来。解决办法，唯有自备一包小酱油，吃外卖寿司配上的那一种，滴上几滴，尚能入喉。更好的，是带一瓶小瓶的生抽，台湾制造的民生牌壶底油精为上选，它带甜味，任何劣等鸡蛋都能变成绝顶美食。

走地鸡的新鲜鸡蛋已罕见，小时听到鸡咯咯一叫，妈妈就把蛋拾起来送到我手中，摸起来还是温暖的，敲一个小洞吸噬之。现在想起，那股味道有点恐怖，当年怎么吃得那么津津有味？因为穷吧。穷也有穷的乐趣。热腾腾的白饭，淋上猪油，打一个生鸡蛋，也是绝品。但当今生鸡蛋不知有没有细菌，看日本人早餐时还是用这种吃法，有点心寒。

---

① 以本伤人：意为以低于成本的价格与对手竞争。——编者注

② 奄列：又称奄姆列，英文“omelet”的音译，意为煎蛋。——编者注

鹌鹑蛋虽说胆固醇最高，但也好吃，香港陆羽茶楼做的点心鹌鹑蛋烧卖，很美味。鸽子蛋煮熟之后蛋白呈半透明，味道也特别好。

由鸭蛋变化出来的咸蛋，要吃就吃蛋黄流出油的那种。我虽然不喜蛋黄，但咸蛋的能接受。放进月饼里，又甜又咸，很难顶[1]，留给别人吃吧。

至于皮蛋，则非溏心不可。香港镛记的皮蛋，个个溏心，配上甜酸姜片，一流也。

上海人吃熏蛋，蛋白硬，蛋黄还是流质。我不太爱吃，只取蛋白时，会被蛋黄粘住，感觉不好。

台湾人的铁蛋，让年轻人去吃，我咬不动。不过他们做的卤蛋简直是绝了。吃卤肉饭、担仔面时没有那半边卤蛋，逊色得多。

鱼翅不稀奇，桂花翅倒是百食不厌，无他，有鸡蛋嘛。炒桂花翅却不如吃假翅的粉丝。

蔡家桂花翅的秘方是把豆芽浸在盐水里，要浸个半小时以上。下猪油，炒豆芽，兜两下，只有五成熟就要离镬。这时把拆好的螃蟹肉、发过的江瑶柱和粉丝炒一炒，打鸡蛋进去，蘸酒、鱼露，再倒入芽菜，即上桌，又是一道好菜，但并非完美。

去法国南部里昂，找到法国当代最著名的厨师保罗·博古斯，

---

① 难顶：意为难以忍受。——编者注

要他表演烧菜拍电视。他已七老八十，久未下厨，向我说："看在老友的分儿上，今天破例。好吧，你要我煮什么？"

"替我弄一个完美的蛋。"我说。

保罗抓抓头皮："从来没有人这么要求过我。"

说完，他在架子上拿了一个平底的瓷碟，不大，放咖啡杯的那种。滴上几滴橄榄油，用一支铁夹子夹着碟，放在火炉上烤，等油热了才下蛋，这一点中西一样。打开蛋壳，分蛋黄和蛋白，蛋黄先下入碟中，略熟，再下蛋白。撒点盐，撒点西洋芫荽[1]碎，把碟子从火炉中拿开，即成。

保罗解释："蛋黄难熟，蛋白易熟，看熟到什么程度，就可以离火了。鸡蛋生熟的喜好，世界上每一个人都不同，只有用这个方法，才能弄出你心目中最完美的蛋。"

---

① 芫荽：又称香菜。——编者注

八　蛋

不想骂人，只是谈吃；八蛋，八种蛋的做法也。

最基本的有：一、煎；二、煮；三、炒；四、蒸；五、烧；六、焓；七、焗；第八，就是混蛋了。唉，又像在骂人。

以卵击石，早就有这种俗语，可见得蛋是多么脆弱，价钱最贱的蛋，是那么千变万化，我口口声声大喊："蛋，万岁！"

没有一种食材那么容易做，那么亲民。就算有些人是笨蛋一个，永不下厨，也会把蛋做好。

慢点，这句话说得太早，我见过一个人，油没热，就打蛋下去煮。当然，做出来的蛋白死硬，毫无香味，咽不入喉。

就算一个最普通的煎蛋，也要等油生烟，才能下蛋的。用滚油和不热的油，再用植物油和动物油比较一下，你就知道分别。

不要给那些自以为专家的家庭主妇吓倒，也别听庸医乱讲。

一个普通大小的蛋，只含七十八卡路里，吃不死人的。一杯星巴克冻咖啡，已有五百六十一卡路里。

除非你是个白痴，天天吃，餐餐吃，那才有毛病。其实什么东西都一样，过量了总不是好事，像整天吃生菜的人，也会变成兔子。

偶尔八八蛋，乐趣无穷。我自己下厨，也会做多种变化的蛋，但是一个人的知识有限，有什么好过向诸位大厨学习呢？

凡遇到高手，必向他们说："你替我做一个蛋吧！"

通常要求对方的，都是一些复杂的菜式，一经我那么问，大厨们都抓着头皮，想不出来。当今被公认为厨界元老的保罗·博古斯也差点被我考倒，但他终于露出一手：原来是最简单的蛋，用最简单的方法去炮制。

先要认识食材，蛋类之中，可以吃的，包括鸡蛋、鸭蛋、鹅蛋、鸽子蛋、鹌鹑蛋、野鸡蛋、海鸥蛋、鸸鹋[①]蛋和最大的鸵鸟蛋。当然，龟蛋也在其中，那是名副其实的"王八蛋"了。

---

① 鸸（ér）鹋（miáo）：大洋洲特产鸟类，是鹤鸵目鸸鹋科唯一物种，比常见的非洲鸵鸟体形小。——编者注

煎　蛋

煎蛋没什么大道理，切记看到油生烟，打蛋进平底镬煎就是。

最重要的是要有耐性，慢慢煎。火要小，一大了就焦。炭火当然比煤气炉来得好。先看到的是蛋白四周开始发出泡泡，也不必去翻动，让它继续煎下去。

到了某种程度，就可以取出上碟。至于什么程度，那你就要试了，一次不行，来两次、三次，直到你掌握住自己喜欢的生熟为止。我常强调，烹饪并非高科技，经验可以让你成功。

喜欢吃荷包蛋的话，等蛋白发泡后将左边翻到右边，或者从上到下，从下到上，都行。

蛋黄的熟度凭个人喜好，有的半生，有的全熟。到外国吃自助早餐时，有专人为你煎蛋。要是你要熟一点的蛋黄，可两面煎。有句英文术语，叫为“sunny side up”（太阳向上，即指单面煎蛋）。

此话也有毛病，要是像太阳的话，那不应该两面煎，我一向是吩咐：“蛋黄煎硬。”（Egg yolk very hard.）

我煎蛋时不吃蛋黄，是因为小时的阴影。那年英国飞机轰炸日据新加坡，我刚好生日，母亲为我煮了一个蛋，吃了蛋白要吃蛋黄时，听到警报，拉着我进防空洞，我不舍得丢那粒蛋黄，一口吞下，差点哽死。

另一个原因，是当今的蛋多以激素催生，又不知有无细菌，不像小时可以打开一个小洞生噬。从此看到生蛋怕怕，煎熟了也只吃蛋白，不过打匀后炒起来，我也可以接受蛋黄的。

煎蛋全靠工夫，愈花长时间去煎愈好吃，你可以先试新加坡的煎蛋，没有吉隆坡的好吃，吉隆坡的又没有曼谷的那么美味，这就证明了现代人不肯花时间，只有在生活节奏慢的地方，才能做出美好的煎蛋。

美国的快餐文化影响下，当今的快餐厅厨房里，煎板上摆着十几二十个铁环，各打个蛋进去，就那么炮制出来。我一看到这种圆扁蛋，即倒胃。这也是我从来不走进麦当劳的原因。

煮　蛋

煮蛋最容易不过，水一滚，放鸡蛋进去，煮至熟，就是煮蛋了。

问题在每一个人对吃蛋的生熟度不同，怎么煮才算标准呢？通常有半熟蛋、全熟蛋和外硬内软蛋之分。

半熟蛋：用一个大锅，放三分之二的水。水一滚，要精确的话，煮足一分钟。如果你想蛋白硬一点，那么多三十秒，即熄火，一共是九十秒。

这时即从锅中取出，不然蛋会继续熟，愈来愈硬。把鸡蛋放在蛋盅里，用一把利刀，在四分之一处割开壳，就可以用茶匙挖来吃。

外硬内软蛋：煮法和半熟蛋一样，不过要煮足三分钟，记得水一滚就要转小火。

蛋熟后用汤匙舀起，放进一锅冷水之中，至少要浸足十分钟左右，如果太热的话可加一点冰块进去。

剥开的功夫很重要，不然黐[①]住壳，除浪费还影响美观。过程是这样的：先用茶匙在圆的那一端敲碎壳，那里有一个气袋，较易打开。

一面剥一面冲水，那层膜就会被水隔离开，你会发现这么一来，蛋的形状是完美的。

全熟蛋：做法与外硬内软蛋相同，不过要煮足六分钟。

煮猪肉时，最好是和全熟蛋一块儿红烧，卤肉时也同样炮制。全熟蛋的名菜，有茶叶蛋。

做法是这样的：蛋煮了六分钟后全熟，用汤匙在蛋壳上轻轻地敲，千万别打得太碎，只要有裂痕即停，切记裂痕要在蛋上布置得均匀。

放茶叶，铁观音和普洱。前者取其香，后者取其色。再加八角、桂皮、甘草、酱油、胡椒粒去煮，当然得添酒，一般的内地烈酒比绍兴酒更好，但不能用药性太强的，像五加皮[②]之类。成龙的父亲教我，倒三分之一瓶白兰地进去，效果最佳，煮个二十分

---

① 黐（chī）：粤语词，意为粘。——编者注

② 五加皮：指五加皮酒，五加皮本身是一味中药。——编者注

钟，浸过夜，翌日加热，即能做出完美的茶叶蛋。

我在非洲做过一个，吃过的人印象深刻，那是一颗鸵鸟茶叶蛋。

炒　蛋

我的炒蛋自小从奶妈那里学到，做法是这样的：取两个蛋，先打一个。记得用另一个碗，打第二个蛋时，看看有没有问题。如果蛋白和蛋黄混淆不清，即弃，不然会浪费第一个蛋的。

猛火，加猪油入镬，你要用植物油，随你，不那么美味罢了。

油热之前，把蛋打匀，加胡椒。不同时做这个步骤的话，一炒就来不及。

油生烟，即刻把蛋浆倒进去，随手即洒几滴鱼露。蛋味很寡，有了鱼露即起复杂的味觉。若嫌鱼露腥，那么用盐，但盐要在打匀鸡蛋时下，否则太过花时间，鸡蛋会过熟。味精无用。

这时“沙”的一声，不必等熄火，要即刻把镬拿开，用木匙或镬铲把蛋搅动，在鸡蛋完全硬化之前倒入碟中。

你如果喜欢硬一点，就再翻兜几下。鸡蛋是在半生不熟透的情形下最滑，猛火之下迅速炒好，也是最能把蛋的甜味引出的办法。

这么一来，你就可以吃到一碟完美的炒蛋了。

炒蛋，洋人叫“scrambled egg”（手忙脚乱蛋），意思也是要你快点炒好，慢条斯理的，就做不出好的炒蛋来。

他们也不相信植物油能炒好蛋，用的是牛油，除了用牛油，还会加忌廉[①]或鲜奶去炒，虽然他们认为会更香，但一加其他东西，炒的速度就慢了，蛋的味道发挥不出来，也是弊病。

洋人做得最好的是一道简单的菜——黑松露菌炒蛋，炒了蛋之后削几片黑松露菌进去，是个极美妙的配合。

我在佩里戈尔乡下也吃过一道，黑松露菌不削成薄片，而是只切成小方块和蛋混来炒，更有香味和咬头。

当黑松露菌不是季节的时候，买瓶用它浸的橄榄油好了。只有此油，可以和猪油或牛油匹敌，这种油可以在高级食材店买到，你试试看吧，炒出来的蛋不同凡响。

---

① 忌廉：广东地区对淡奶油的别称，是英文“cream”的粤语音译。——编者注

蒸　蛋

所有蛋的做法，最难掌握的还是蒸蛋。

有人说："蒸蛋的黄金比例是一份蛋，两份水。"

又有人说："不，不，水和蛋是一比一。"

总之，要你自己试验，像小时候听老师训话：失败，是成功之母。

有一点需切记：用来混蛋的水，绝对不可以用生水，即未煮过的水。也有些大厨传出秘籍，说蒸蛋，要用粥水；粥水，也不过是煮过的水。

生水中有很多氧气，即使蛋和水的比例正确，蒸后蛋的表面也有一粒粒的水泡，并不平滑，影响美观。

至于要蒸多久，全看你的炉火有多猛。

我喜欢吃的蒸蛋是最简单的，加盐或鱼露去蒸，其他食材什么都不加。洋人也有异曲同工的做法：只加糖，变成甜品。

复杂一点，蛋浆中可加猪肉碎，我喜欢在肉碎中剁一些田鸡肉，这么一来，更甜。进一步说：把蛋壳顶敲一小洞，倒出蛋。将蛋浆和肉碎及田鸡肉倒回空蛋壳中，再蒸。

完成后，用茶匙舀来吃也行，像烚熟蛋一样切半来吃也行。烹调是一门天马行空的技艺，全凭我们的幻想力去创造。

广东人的金银蛋，用新鲜鸡蛋和咸鸭蛋来蒸。三色蛋，则加了一味皮蛋。

日本人也爱吃蒸蛋，他们做得最好的是“茶碗蒸”，那是把鱼饼、银杏、鸡肉、虾，加上木鱼[1]熬出来的汤，放进一个茶杯中蒸，其中加了“三叶”[2]这种野菜，味道极为古怪，初尝者多会吐出来。

洋人不大懂“蒸”这个字，他们很少用特别做来蒸东西的厨具，只是放进焗炉中，算是半蒸半焗吧。

其中有一道菜也很像日本的茶碗蒸，那是用焗杯（cocotte mould），把带壳的虾和一种用盐腌制的刺山柑花蕾续随子（caper），加牛油、胡椒，放入焗炉中蒸出来，续随子已够咸，不必加盐了。

---

① 木鱼：此处指木鱼花，即鲣鱼干做成的调味料。——编者注

② 三叶：全称三叶芹，又称鸭儿芹、山芹、野蜀芹等。——编者注

烧　蛋

烧，是最原始的烹调法，发挥得最佳的是日本人。《源氏物语》中，源家和平家打仗，后者败后逃亡，在山中进食，只有用烧，故称“落人烧”，战败者的烹调，烧蛋多数焓熟后再烧。

有时还是用镬，只是不加油。日本人的烧蛋，用一个特别的厨具，像一个扁平的长方形饼铁盒。

把蛋打匀，蛋浆放进扁平镬，分量不能太多，经热量，就会烧出一层很薄的蛋片来，轻轻地由下卷上，卷成一长卷，再在空处又加蛋浆，再卷。把它包在第一卷上，依照这种方法，一卷又一卷，最后成为烧蛋卷。

直切开来，有美丽的图案。

如果不卷，一层叠一层，那就是千层蛋块了。

烧蛋卷做得最好的寿司店师傅，他们会一层蛋、一层切得极薄的海鳗鱼叠起来，看不见鱼片，但吃得出鱼味。

又有些寿司店是用鲜虾代替海鳗，让客人以为是海鳗，又不像海鳗。

嘴刁的客人一走进寿司店，第一件事就是点蛋卷，如果吃得过，那么表示这家人有水平。味道一差，就走人，不再吃下去。

但是如果你也依样画葫芦，遇到脾气不好的师傅，知道你要来考他，也不作声，但最后埋单时，会算你双倍的价钱。

淡水河鳗的鳗鱼店中，也一定卖鸡蛋卷，他们用来夹在蛋与蛋之间的那层河鳗是很厚的，让客人吃一个过瘾。

烧鸟店里除了烧鸡肉串之外，也卖烧鹌鹑蛋，一串五粒，只是放椒盐去烧，也有浸了甜浆烧得略焦的，较为美味。

洋人的烧蛋，多是做成甜品，打蛋浆进一个杯中，隔水炖熟，最后撒上白糖，再用喷火器把表面烧焦，就是焦蛋了。

中国人不用烧，最多是烟熏，把蛋焓得外硬内软，再烟熏，这种蛋上海人做得最好。

焓蛋

焓蛋倒是洋人的拿手好戏，我们较少用这个烹调法。

第一个原则，就是焓蛋的滚水不可加盐，否则，蛋白就会出现一个个的小洞来，影响美观。

最基本的焓蛋，做法是这样的：用个锅子，加白醋，待水滚。

看到水冒大粒的泡，中国人叫为“蟹眼”的，就可把蛋慢慢地倒入滚水中，每颗蛋焓一分半钟。其他菜的时间不必掌握得那么精确，但是焓蛋最好守着九十秒的原则，在超级市场的食物部可买到一个便宜的中国制电子秒表，很管用。

焓蛋一般是现焓现吃，如果要做一个数百人吃的早餐的话，也可以事先焓好，放进雪柜[①]，可藏至两天。吃时重新加温，在滚

① 雪柜：指冰箱或冰柜。——编者注

水中浸个三十秒即可。

要是还不能确定焓蛋熟不熟，那么以一根汤匙捞起，用手指轻压蛋的表面，熟了有弹力，不熟会被你压破蛋黄。

蛋一焓好，即刻上桌，但样子不会好看，可以把蛋放进冷水中，用刀子把不规则的蛋白削掉，成为完美的圆形。这时，焓蛋完成。

最多洋人，尤其英国人吃的焓蛋“班尼迪克蛋”（Egg Benedict），做法如下：

把英式松饼（English Muffins）切片，烤个一两分钟。

用牛油炒菠菜，加盐和胡椒，熟后取出置于松饼旁，以剩下的牛油煎一片牛舌头，放在松饼上。

把蛋从滚水中捞起，沥掉水分，放在牛舌上。

倒大量的荷兰酱（Hollandaise Sauce，可在超市买到）在蛋上，再撒细葱段，即成。

如果不喜欢吃牛舌的话，可以用火腿片代替，但这又不正宗了。

焓蛋还可以放在汤上上桌，也有人放在烤洋葱上或薯仔蓉[①]上，更有人加在各种青菜的沙拉上。另一道出名的吃法叫“Egg Florentine”（佛罗伦萨水波蛋），是以大量的菠菜为主角。

---

① 薯仔蓉：粤语中指土豆泥。——编者注

焗蛋和混蛋

普通的奄姆列属于煎蛋类，如果做西班牙的又圆又大的tortilla（玉米饼），那就要焗了。

用一个直径20厘米的中型平底锅，加橄榄油，放薯仔角进去炒熟，加洋葱，再炒。另外把西班牙香肠切片，和大蒜及西洋芫荽一起爆香，最后用镬铲把薯仔角压成蓉。

这时就可以打蛋进去了，通常那个中型的平底锅要用六个蛋，如果你想厚一点，就用八个蛋好了。

撒盐和胡椒，把蛋和其他食材慢慢翻兜，像在煎奄姆列一样。炒至蛋浆全熟时，把一个比锅子更大的碟子盖上，翻转锅子，让蛋饼置于碟中，再放进锅，两面煎之，煎到表面略焦，就完成。

一般在店里吃到的蛋饼，都用很少的蛋来煎大量的薯仔，香肠又下得吝啬，吃得很不是味道。但西班牙人说那样才正宗，自己做时随你加料，加至心满意足为止。

意大利人做的蛋饼没西班牙人那么厚，叫“Frittata”（意式菠菜烘蛋）。不同的是加了大量的西红柿和香草。把西红柿和薯仔从洋人的食谱拿走的话，菜就烧不成了。

一谈到混蛋，做法可多，其实任何食材都可以混入蛋中炮制。洋人多数拿来当甜品，像他们的蛋奶酥（Souffle）要混入很多芝士，可丽饼（Crepes）混面粉和糖，华夫饼（Waffle）也要加面粉，更有其他甜面包类，都缺少不了蛋。

别忘记冰激凌也是混了鸡蛋做出来，还有数不清的鸡蛋酱呢。

这几天谈的蛋做法，只举一二个例子，如果要算全世界的蛋谱，大概至少有一万种以上吧。家庭做法很容易找到资料，等有空时，我再把大厨做鸡蛋的心得一一细述。

至今，我还是不断地寻求，遇到喜欢烧菜的人就问他们怎么做自己最爱吃的蛋。很奇怪的是，每次都有意外的惊喜，如果各位有何建议，独特一点的话，请提供给我，编成一本蛋书，书名就叫《蛋蛋如也》吧！

蘑菌菇菰[1]

人生中最初接触到的食用菌类，是最普通的冬菇[2]，小时吃，觉得奇香，是宴客时才上的高级材料，后来出现大量农场种的，就不稀奇，味道也失去了。

当今冬菇上桌时，吃也只吃它的茎，斋菜中有一道冬菇茎，拆开后很像江瑶柱。冬菇本来是中国人首先吃的东西，结果给日本人沾了光，现在连外国人也用日本名称呼，叫“shiitake”，人人都知道是冬菇。

我带美食旅行团去冈山吃水蜜桃，行程也安排去一家叫“美作园”的，可以参观冬菇的培养。把一节节的松木斩断后钻些小

① 菰（gū）：同“菇”，是江南地区对菌类的称呼。——编者注

② 冬菇：即香菇。——编者注

洞，放进冬菇菌的胎胞就能长出，新鲜摘下来后烧烤，非常美味，值得一游。

再下来吃到的是蘑菇[①]，以为是黄颜色，因为多数是罐头食品，后来在菜市上才看到新鲜的蘑菇，纯白色。它的白，白得非常可爱。蘑菇很甜，百食不厌。到外国旅行时酒店的自助早餐经常有煎蘑菇，最爱吃了。

晒干后的草菇也是我们家里常吃的，在冷水中泡一泡，洗净了沙拿去煮汤，呈褐黑色。本来不引起食欲，但是把鸡胸肉片成薄片，待汤全滚时扔入，即刻熄火。汤黑中带白，很美丽，也特别甜。这道菜任何人来做都不会失败。在外国生活时，找不到草菇，用羊肚菌（morel）或牛肝菌（porcini）干代替，效果更佳。

第一次试大蘑菇（portabella）[②]是在意大利，放在碟中，有整块牛扒那么大，用刀叉锯来吃，不逊肉类。这种菇在欧洲诸国或澳大利亚常见，香港超市出售的是由荷兰进口，看到了一定买下。做法很简单，在平底镬中下点牛油，待生烟，就把大菇放下去，面朝底。蘑菇不可水洗，只要用厨纸擦干净就行，有了水滴就喷到满脸油。煎个两三分钟，看菇的厚度而定，再翻过来煎一煎，

---

① 蘑菇：此处指白蘑，又称口蘑。——编者注

② 大蘑菇（portabella）：又译为波多黎各菌、牛排菇、褐菇。——编者注

最后淋上酱油，即上桌，香甜无比。谁都会做，不妨一试。

十多二十年前，竹笙[①]打进香港市场，当时惊为天人，还传说是生长在竹筒里的囊，其实也只是菌类的一种，在云南很多，新鲜的切块后吃火锅来吃，算不了什么。

今时流行健康食物，菇类大行其道，云南和各地都有野菌宴。都是吃菇，非常单调，总有不满足的感觉，那么最好是把它当成早餐。早上吃清淡一点也好，一碗汤更解宿醉。上次在昆明，就叫酒店为我们安排一人一个小边炉，桌上摆满菌类自助，味道和形状离奇的有鹿花菌、桦草菌、白蛟伞、星孢寄生菇、白香蘑、灰鹅膏菌、细褐鳞蘑菇等等，当然少不了出名的鸡枞菌。拿来白灼，多生多熟自主。汤底是用山瑞[②]肉熬出来的，多了动物味，吃起来就不觉得寡了。

黑松露菌法国人当宝，它埋在土里，起初是拉了一头猪去闻出所在挖出来的，后来猪抢先吃掉，人不甘愿，就放弃用猪，改养狗代之，狗较笨，服从性强，不会偷吃，但法国人也不太信任它，最后靠自己的鼻子，弄得满脸泥巴。这种菌极少，很珍惜地吃，刨一点和鸡蛋一齐炒，最便宜的东西配上最贵的，也不错。意大利的白松露菌也是此般吃法，非常寒酸，我曾经在巴黎的一家

---

① 竹笙：又称竹荪。——编者注

② 山瑞：即山瑞鳖。——编者注

名店买了一樽泡渍的，每粒都有鱼丸那么大，一瓶一千港币，一口食之，才觉得有点过瘾。

日本的松茸也是珍品，最典型的吃法是切了一小片，放在一个像小茶壶的器具中，加鸡肉、银杏、鱼饼当汤，称之为“土瓶蒸”（dobin mushi）。可别小看这一片东西，香味全靠了它。真正的日本松茸香味奇佳，但产量极少，不道德的商人还把铅粒塞在菌中增加重量。当今在日本市面看到的，如果价钱略为合理，都是韩国产。韩国的味道大为逊色，后来又发现中国有同样的东西，我们叫“松口蘑”的。日本人就大量进口，价钱更便宜了。但是中国松茸得个“甜”字，已无甚香味可言。反而是在泰国清迈找到一种小粒的菇，皮爽脆，咬破之后甜膏喷出，比什么黑白松露菌和松茸都好吃。

说到贵，我们不可忘记冬虫夏草也属菌类，灵芝当然也是菇，前者身价何止百倍，后者要找野生的，已经几乎绝迹了。

外表极为鲜艳的菇我们一定要小心。有时它们也常扮平凡状，样子像普通的羊肚菌，叫为“假菌”（false morel）[①]的，吃死了很多人。有种叫“灯笼菌”（Jack-o-lantern）的在暗处甚至会发光，香味浓郁，采者以为可食。最可怕的是鹅膏菌（Amanita），也叫“毁灭天使”（destroying angel），吃一小块，即死！

---

① “假菌”（false morel）：又译为类羊肚菌。——编者注

花生颂

花生，又叫“落花生”，多美丽的名字！

温带地方的七月中旬，绽开着黄色花朵，近看纤纤细细，楚楚可怜，但一开一大片，像在绿色的大地盖了一层黄色的绒毡，绝景也。

有了这个浪漫的名字后，没见过的人以为黄花掉落在地上，就会长出果实。不，不，有人还相信不是花朵，而是花瓣上的露水落地长仁呢。

大概在清晨六点左右开花，十点钟就收起来，日落后躲在叶下睡大觉。

其实花生的花枯了，也不掉落。受精后长成子房柄，紧紧缠着茎而往地下延伸下去，才结成果。一株花生约长三百至四百花朵，有机会让花粉飘进来的不到十分之一，长的花生，却是无数的。

美味的果仁在地底下成长，不被细菌侵入或鸟儿吃掉，也是大自然神奇的力量，花生是平凡的、朴素的，名副其实的脚踏实地长成。

把生满叶子的茎一抓，扳起来，根部都是一荚荚的花生，被污泥包着。水洗之后，一颗颗洁白肥胖的花生就呈现在眼前，这时候恨不得即刻将它剥开，“咔”的那个清脆的响声，也是独特的。

里面的果仁包着红颜色的衣，有时是紫色。大家以为花生不能生吃，那是水分干了，才有点所谓“臭青”的味道。我在花生田里尝过刚刚拔出来的，那股清香至今难忘。不过花生农夫看到我那副馋嘴相，还是摇头笑道：“别吃太多，太多了会肚子痛。”

花生的吃法，仔细研究出来至少有上百种。最普通是把它炒熟了，这是我最不喜欢的，有时那层衣还会粘在气管或喉咙上，让我咳个半死。

收获后即刻水煮最佳，吃了也不会满口油，咬起来软熟，满口香甜，剥完又剥，吃个饱为止。

比煮更高级的是隔火焖之。小贩们一车车推到街上，看到了非买不可。可惜这种行业已见不到，偶尔在旺角还找到一档，老头走不动时，便在香港消失了。

这种吃法在内地还很普遍，通常是用一个香烟铁罐当量器，以当地最小的硬币交易，然后把花生倒在一个卷起来的纸筒中递到客人手里。我爸妈看我们带着女伴上街乱花钱的时候，常说当年他们两人只用一个铜板，买了花生在公园中剥，一天很容易度过。

当时我也想这么做，不过没找到一位像我妈那样的纯朴的女朋友。

水煮后风干的花生也很不错。当今在九龙城的街市经常可以买到，便宜时五块钱一斤，一买就是五公斤，吃个不停，吃完了屁也放个不停。

连壳煮，煮得湿湿的剥开来吃又有另一番味道，但是煮得入味与否，够不够软熟，完全是经验和学问。我在绍兴时试过的几家餐馆，煮花生都做得不错，但是和咸丰酒家的一比，就比下去了，没有比他们的水煮花生更好的下酒馊[①]。捧着那碗浓得挂壁的太雕，再多来七八碟水煮花生也吃不厌。鲍参翅肚，走开一边吧！

南洋一带，还喜欢把花生用慢火焙干。最著名的当然是马来西亚怡保的万里望[②]。十二三岁时到当地旅行，看街边一档档小贩卖铁罐装的，一大桶一大桶十分便宜，买回去后倒出来，才发现桶里塞了三分之二的沙石和报纸，花生只铺在上面一层。人生第一次遇上骗局，记忆犹新。

---

① 下酒馊（sòng）：粤语词，意为下酒菜。——编者注

② 万里望：原为马来西亚怡保一小镇名，后因当地售卖的罐装花生广受欢迎，故将以此种方式制作的花生食品都称为“万里望”。——编者注

出名的万里望有农夫牌和手指牌，认定了去买，才知道有好几个农夫和好几只手指，也不知哪一家是正宗的，难吃起来牙齿咬崩了也不香，好吃的入口即化，吃个不停。家父的葬礼上，守夜之余，全靠万里望，才止住眼泪。

真是爱死花生。尤其是卤水，学问更大，餐厅里开饭之前总有一碟，做得好的话宁愿整晚食之，也不多碰正餐。广州白天鹅酒店对面，有一家叫“侨美”的饭馆，所做卤水花生一流，叫个十碟，面不改色，但嫌略甜。最好吃的应该是新加坡的一间叫“发记”的潮州餐厅，用卤水鹅的汁去煮花生，天下绝品。

但是花生也有讨厌之处，榨成的花生油，味道就是我最不喜欢的，用花生酱来涂面包，愈吃愈觉得平庸俗气。酒吧中桌前那碟煎花生米，更是没有文化，世上那么多好的下酒馔，为什么要吃这种单眼镜博士牌子的美国货？

花生还有一个情形之下最过瘾，那就是在新加坡莱佛士酒店里的“长吧”。当地扔垃圾会被罚款，酒徒们集中在这里面，一边呷啤酒一边把花生壳丢得满地，以图发泄。

那一年住巴塞罗那，好几个月的西班牙海鲜饭吃下来，吃得怕了。想起花生煲猪脚，想疯了，决定自己做来吃。猪脚猪手都能找到，就是没有生的花生，后来要托人到产地去才找到几磅，即刻炮制。

先把花生用滚水过一过，去掉衣上的涩味，就可以煮了，和猪脚一起煲一小时三十分左右，又香又软熟，汤不必下味精也够甜。

整锅猪脚花生一个人吃个精光。中国人表现饱的手势是捧着肚皮，意大利人手掌放在喉咙处，西班牙人做双手从双耳流出状。当时我才明白他们形容得贴切，我的确是吃花生吃得快要从耳朵喷出来，大乐也。

乌鱼子

日本有三大珍味，那就是云丹（海胆）、揆子（海参的卵巢）和唐墨（乌鱼子）。

乌鱼子顾名思义，是乌鱼[①]（mullet）也叫鲱鲩鲣的鱼卵（roe）。英文的“roe”，包括雄鱼的精子（soft roe）和雌鱼的卵（hard roe），由于雌鱼卵较硬，故叫为“hard roe”。

英雄所见略同吧。东西方交界的土耳其人也喜欢吃乌鱼子。传到欧洲，乌鱼子是法国、意大利老饕的最高级食品。只在出名的店里才有得出售。一小块三十欧元，合两百多港币。

其实在日本卖得更贵，乌鱼给他们拖网捕捉，差点绝了种，很熟路的人才能买到。购入时也得小心，那家发明假螃蟹的公司

① 乌鱼：又称乌鳢、黑鱼。——编者注

已推出混合乌鱼子，用贱价的银鳕鱼子或明太鱼子扮乌鱼子，做得很像样，买家一下子就上当。不过在日本，东西一分钱一分货，太便宜的乌鱼子，绝对别碰。

中国台湾现在也到处能看到乌鱼子，一饼饼像一双双迷你日本八字拖鞋。从前盛产乌鱼，但后来也是拖网拖到绝种，当今的乌鱼子是从墨西哥等南美地方进口的，味道已逊色。

乌鱼子的处理方法是拿日本清酒抹干净，放在火上烤，外层略焦，里面还是很柔软的状态最可口。

日本人之所以叫它“唐墨”（karasumi），是因为乌鱼子的样子像中国传过去的墨，通常是“非”字形那么横切或细片来吃的，这是家里的吃法，可以切得比较多片。

再切同样大小的生萝卜，一片乌鱼子一片萝卜，就那么吃将起来，香得不得了。

从前我们去到台北的酒家，吃法就不同了，不是家里那么片法，而是像潮州人片响螺那么把刀摆平来片，片出来的乌鱼子有手掌般大，吃起来才豪华过瘾。在酒家之中，比起其他消费，算是便宜的了。

最初接触乌鱼子，并不知道是什么东西，台湾女友拿来送礼，一闻有股腥味，就那么放在一边不去碰它。过了一些时候，外面发了一层白色的霉，扔进垃圾桶丢掉，实在暴殄天物。其实那层霉可以用白兰地等烈酒抹掉，照样可以吃的。

没有烤鱼工具时，一般人会用一个平底镬，下点油，煎它一煎，但是煎得过熟时，乌鱼子的中间也发黄了，就不好吃。咬起来硬邦邦的，香味尽失。

还有一个同学更傻，收到了乌鱼子礼物，拿去煲汤，完蛋了。

其实香港人也吃乌鱼子的，现在在流浮山的干货摊中还能看到。不过香港乌鱼子很小，手指头般，晒得很干。

买了拿到餐厅，叫师傅炮制，他抓了一把放进镬中炸，上桌时也有一阵香味，但吃进口和日本或中国台湾的大乌鱼子一比，有天渊之别，当然，价钱也差得很远。

在土耳其旅行时看到的乌鱼子，用蜜蜡封住，比中国台湾卖的巨大许多。最初不能确定是不是，即刻买下，拿到餐厅用刀子切开，一阵香味扑鼻。对路了，对路了，告诉自己。

问当地人怎么吃，要不要烤一烤或煎一煎呢？他们说乌鱼子已晒干，可以就那么吃，不必加工。

切了一片放进口，果然是当年在台湾酒家吃到的味道，中间软油油的膏状鱼卵，吃了有点黐牙，但香味久久不散，实在是天下绝品。第一个发现吃乌鱼子的人，伟大得很。怎么想到的？应该给他一个奖状。

好吃的东西必须拿出来和大家分享。我切了几片给摄影队的工作人员，众人吃后大赞不已，说下次经过一定要通知他们买。

休息时到一家海鲜餐厅，门口的柜台上摆着好多片乌鱼子，工作人员看了大喜，迫不及待地买下，请侍者切来吃。

上桌，大家一抓放进口，味道有点怪，又将渣吐了出来：“怎么和蔡先生买的不同？”

一看，原来厨子就那么把乌鱼子切成一片一片，外面封着的蜡也没有除掉，大家连蜡也吃进口了。

我不知道天下还有什么地方的人吃乌鱼子，以我的经验，吃过了日本的、中国台湾和香港的、澳大利亚的和土耳其的之外，最最高级、味道最好、最软熟的，是希腊的乌鱼子。一流。

坐在希腊小岛的海边茶座中，来一碟乌鱼子，再来一杯当地的土炮Ouzo（乌佐酒），不羡仙矣。

Ouzo这种酒，和土耳其的Raki（拉克酒）一脉相承，主要以大茴香制成，所以在希腊喝Ouzo吃乌鱼子时想起土耳其。

去到巴黎，在最高级的食材店Fauchon（馥颂），看见一条条MARS（玛氏）朱古力般大的东西，认定是封了蜂蜡的乌鱼子，一问之下，知道是从希腊进口的。

“和什么酒一块儿吃最佳？”问店员。

他回答：“当然是Pernod（潘诺），要不然的话，Ricard（力加）也行。”

原来这两种牌子的酒，都是用大茴香为原料。Ouzo是透明的，但Raki、Pernod和Ricard都是棕色，有如白兰地。不过这些酒有一贯的特性，一掺了水就变成乳白色，和消毒水Dettol（滴露）相同，喝不惯的人觉得味道和消毒水一样难于进口。

但是，就那么奇怪，它们和乌鱼子配合得天衣无缝，下次你试试看吧。

谢谢上帝，给我们吃到乌鱼子。

蟹　颂

或许你不喜欢吃牛肉，但是很少人不爱吃螃蟹的。

那么古怪的动物，不知道是哪个人最先鼓起勇气去试的？今人的话，应该送他诺贝尔奖。螃蟹，真是好吃。

我们最常见的，就是所谓的青蟹，分膏蟹和肉蟹，两个种类一年四季都能吃得到。

从小的记忆，是吃生的，妈妈是烹调高手，她父亲教的是把膏蟹洗净，斩开，拍碎钳壳之后浸在盐水和酱油之中。早上浸，晚上就可以拿来吃。上桌之前撒花生碎，加白醋，吃得我们全家人念念不忘，尤其是壳中之膏，又香又甜，现在即使再做，也怕污染，不敢生吃了。

所以去了日本，看他们吃螃蟹刺身，也不以为奇。日本人也只选最新鲜的松叶蟹。松叶蟹外形和松树一点也拉不上关系，是活生生去壳，拆了大蟹的脚，用利刃一刀刀地把肉㓤[1]开，然后放进冰水之中，身还连在一起，但外层散开，有如松叶，故称之。没有多少大师傅的刀功是那么细的，退休的银座总厨佐藤，叫他切松叶蟹，就做不来。在冰水中泡开之后，再拿喷火器烧一烧，略焦，更像松叶，少有人尝过此等美味。

最普通的做法，也是最好吃的，就是清蒸了，蒸多久才熟？那要看你炉子的火够不够猛。先蒸个十分钟，太熟或太生，今后调节时间就是。做菜不是一门什么高科技，永远要相信熟能生巧。

但蒸完螃蟹要使它更精彩，倒有个窍门。那就是自己炸些猪油淋上去，绝对完美。

我常教人的螃蟹做法很简单，是向艇家[2]学的盐焗蟹。用一个铁镬，怕黐底的话可铺一层锡纸，将蟹盖朝镬中放，撒满粗盐，中火烧之，等到螃蟹的味道香喷喷传来，就可以打开镬盖取出来，去掉内脏之后就那么吃，永不会失败。

螃蟹当然是原只下镬的，麻烦的步骤在于洗蟹，但也可以用一管喷牙缝的美国制造Water Pik（洁碧）冲之。水力很猛，任何污泥都能洗净，缺点在于要插电。当今乐声[3]牌出的是充电式的手提EW175 Dentalbeat冲牙器，方便得多了。

---

① 㓤（jiè）：粤语词，意为分割、分开。——编者注

② 艇家：粤语指水上人家。——编者注

③ 乐声：即松下，乐声为香港译名。——编者注

就那么生焗太过残忍，螃蟹挣扎，钳脚尽脱也不是办法，故得让它一瞬间安乐而死。方法是用支日本尖筷，在螃蟹的第三对和第四对脚之间的软膜处，一插即入，穿心而过，蟹儿感觉不到任何痛苦。反正被我们这些所谓的老饕吃了，生命有所贡献，也不是太罪过，善哉善哉。

当今餐厅的油爆，都是干炸的美化名词。油炸的蟹又干又瘪，甜味尽失。避风塘炒蟹都是先油爆，非我所喜。把螃蟹斩件之后就那么生炒可也。勤力翻之，即达目的。南洋式的胡椒炒蟹，秘诀在于用牛油。

对泰国的咖喱蟹也没什么兴趣，蟹味给香料淹没。真正的咖喱蟹出自印度的嬉皮圣地果阿，当地人把螃蟹蒸熟拆肉，再用咖喱炒至糊状，又香又辣，可下白饭三大碗。

螃蟹种类数之不尽，最大的是阿拉斯加蟹，只吃蟹脚，蟹身弃之。多肉，但味淡，此蟹只适宜烧烤，烧后蟹的香味入肉，方有吃头。

同样的大蟹是澳大利亚的帝王蟹，同样无味。在悉尼拍饮食特辑时本来要求来个十只八只，观众看了才会“哇”的一声叫出，但当天供应给我们拍摄的餐厅孤寒[①]，只给了两只。前一晚苦思一夜，想出一个较特别的做法，那就是把其中一只的蟹盖拿来当锅，

① 孤寒：粤语中有吝啬、小气的意思。——编者注

放在火炉上，注入矿泉水。再把两只螃蟹的肉挖出，剁成蟹丸，待水滚，放进去吃火锅，一颗颗红色蟹丸熟了浮上来，才产生一点视觉效果。

说到蟹味，大闸蟹当然是不可匹敌的。最肥美的大闸蟹都供应给香港的天香楼。二十世纪五十年代，在香港的上海人吃不到大闸蟹，大声叫苦，只有韩老板有勇气亲自北上购买，不惜工本，乘火车运回，打开"大闸蟹之路"的先河。至今内地还是给面子，留最好的给他，并供应最好的花雕陪衬。

大闸蟹其实并不一定吃热的，有的人说蟹冷了就腥，我则常吃冻的大闸蟹，吃蟹不吃它的蟹腥，吃来干吗？古人李渔说"蒸而熟之，贮以冰盘"，就是冻吃的好证据。

不过黄油蟹当道时，又有另外一番风味。黄油蟹其实是"感冒发烧蟹"，蟹病得把膏逼到脚尖上，全身油黄。如果掉了一只脚，蒸时油会从洞中流出来。用冰水先把它冻死再蒸，又不是焗桑拿，一冷一热怎会好吃？还是用我上述的杀蟹法为佳，可用菜心梗把洞塞之。

澳门的厣仔[1]也是蟹中之宝，味道不同，不能和大闸蟹或黄油蟹相比，各有各的好处，用苦瓜来焖厣仔，是最出色的煮法。

---

① 厣（yǎn）仔：即厣仔蟹，指刚刚进入性成熟阶段而尚未交配的蟹。——编者注

从前潮州人穷，任何东西都腌制来送粥，连小小的蟛蜞[1]也不放过。小蟛蜞形状有如迷你大闸蟹，同样有膏，一点一滴挖出来做菜，就是礼云子，用来炒蛋，无上美好。

泰国的青木瓜沙拉“宋丹”，也要放一只小蟛蜞去搭秤才够味，没有蟛蜞，就缺少了灵魂。

一生所食螃蟹无数，终于有一日在示范做菜时，被螃蟹“咬”了两口。为什么说两口？我们以为被蟹钳钳住，就像剪刀一样夹着，其实不然，要被它“咬”过才知。原来蟹之“咬”人，是用蟹钳最尖端的部位上下一钳，我的手指即穿二洞，血流如注，痛入心肺，唯有保持冷静，用毛巾包住蟹身，出力一扭，断掉蟹钳，再请人把钳子左右掰开，方逃过一劫。

今后杀蟹，再无罪过之感。大家扯个平手，不相怨恨也。

---

① 蟛蜞：又称螃蜞、相手蟹，是一种生长在水田中的小型螃蟹。——编者注

仙馔

我们年轻时吃干鲍，都是一斤两头[①]的。当年经济状况并不稳定，好在，都是别人请的客。

有一次泰国友人做东，在尖沙咀一家名店吃饭，伴我而来的是台湾电影明星萧瑶，知道鲍鱼是贵东西，一连锯了两个。我那份吃不完，分一半给她，居然照吞，是否吃出味道是另外的问题。萧瑶当今已有个女儿出来演戏，可见是多么久之前的事了。

现在市面上一斤两头的干鲍有钱也买不到，只能在拍卖行发现，近于传说。对我们这些早已尝过的人，并不觉稀奇。虽然体

① 一斤两头：即一斤两个，餐饮业有将鲍鱼论“头”的习惯，重量能达到一斤两个的鲍鱼也称“两头鲍”。——编者注

积愈大溏心部分愈多，但当今师傅的手艺失传，还动用到蚝油来补救，淋上芡汁，暴殄天物也。

我炮制干鲍的方法是由一位潮州师傅传下。南洋一带的华侨商行，每天三餐都供伙食，有常驻的厨子，但偶尔有位名厨从中国到访，必恭恭敬敬请来客串几天，然后送一笔旅费上路。

这位大师教的是把鲍鱼冷水浸过夜，放入煲中慢火煮两小时，取出洗净备用。将老鸡、一大块火腿、几只鸡爪、几只乳猪脚一起煲，最后下梅菜干吊味[①]，先用猛火滚之，转以慢火煲八小时。经常注意火候，绝不可中途加水。待整锅汤变为浓汁，即成。

鲍鱼古名鳆鱼，因有单壳，又有软体的腹足。“鳆”是“腹”演变出来的。香港人知道的多数是日本的网鲍，为“网取鲍”之简称，并非地名。禾麻是青森县大间（OMA）的音译，而吉品则为岩手县吉滨（YOSHIHAMA）的产品。

我到过青森大间看渔民制造干鲍，说是什么商业秘密，老太婆们也笑嘻嘻地让我参观，把大鲍鱼放进巨锅中滚，煮后用绳子绑住，拿去旷地日晒而成。当今海水污染，又过量捕捉，出产和体积都愈来愈小了。还有在日晒时，鸟儿会忽然飞下，叼走一只。它们真聪明，专选好货吃，渔夫们也不笨，把失掉的鲍鱼也打在成本之中。

---

① 吊味：粤语指调味。——编者注

去过南非见当地人捕捉鲍鱼，由华侨商行负责制为干鲍。用的是一个巨大的电动烤箱，已不经日晒过程，品质说什么也比不上了。

二十多年前倪兄住夏威夷，我去探他，第一件事就到菜市场去，见当地出产鲍鱼，巨大无比，名副其实的一斤一头，即刻买了两个。拿回家想要吃刺身，但是洋刀和中国的长方形板刀都不管用，揪不出那厮来，结果唯有生了炭，在火炉上BBQ[①]。

这种火烤吃法我们去日本旅行时经常尝到，餐馆的晚宴中，侍女拿了一个铁架，把活生生的鲍鱼放在上面，底部用块酒精蜡点火，酒精蜡烧完，鲍鱼就熟了。鲍鱼受热不断蠕动，好在它没神经线，不觉痛苦，但也非常残酷，故称之为“残酷烧”（zankokuyaki），名字吓坏人，结果日本人改称为“舞烧”（odoriyaki）。

肉质好的鲍鱼生吃最佳，连边缘的齿状部分也不韧硬。日本人还最注重吃它的肠（wata），绿油油的有点恐怖，但吃进口，甘汁流出，无比美味，是否滋阴补阳已是其次了。

在仙台商业街的一间百年老店里，大师傅做的鲍鱼刺身，是放在一个小碗中，切的只是顶部最柔软的部位，最后取其肠一挤，将肠汁淋在鲍鱼上。我吃完后再把烫热的清酒倒在剩余的汁中，再一口饮之，大师傅见之大喜，如遇知音，接着把店里所有珍奇

---

① BBQ：英文“barbecue”的缩写，意为户外烧烤。——编者注

的料理都搬出来让我尝试。

洋人不太会吃鲍鱼，莫说它的肠了，他们的做法是把肉挖出后，在锅中煎一煎，再淋各厨子发明的酱汁罢了。肉质差的鲍鱼，怎么煎也煎不好，这种西洋烧法也只在东京帝国酒店的西餐厅做得最好，为了这道菜，走一趟也是值得的。

说鲍鱼是仙馔，一点也不夸张，日本历代天皇拜天地时，一定去伊势神宫，供奉的食物中有一道叫“熨斗鲍”（noshiawabi）的菜，是将鲍鱼像削苹果皮一样，连续不断地刨为长条，日晒后完成。此门手艺在日本也只剩下一两个人会做。我最近去伊势旅行，请当地观光协会安排试吃，结果发现肉颇硬，味无甚特别。要是用中国人炮制干鲍的方法，也许神明才会举筷。

当今我对宴席上所谓的鲍参肚翅都兴趣不大，吃过无一中意，反而罐头鲍鱼倒是喜爱的，也只限于墨西哥产的车轮牌。罐上印有“BRZ”字眼的斤两虽足，但里面是一个大的加一块小的，得买“PNZ”，才是一罐一头的。就那么切了送酒也非常可口，要不然用日本清酒加酱油略略一煮，最好吃的还是切成薄片，煲一锅粥，把罐头中乳白颜色的汁加进去，连鲍鱼片滚它一滚，即上桌。吃时佐以天津冬菜和葱粒，再淋上一匙猪油，仙馔也。

一生人[1]之中吃过的印象最深的还是在韩国济州岛那一餐，当

---

① 一生人：粤语意为一辈子、一生。——编者注

年还有年轻海女[1]在岸边招徕。上了一艘艇，划到海中央，海女“扑通”一声跳进去，不一会儿，双手各抓一个大鲍鱼上来。即刻放在砧板上，用根大铁棒，像打潮州牛肉丸般敲得稀烂，但还是连在一起。最后以铁叉串之，在炭上烤，淋了酱油，阵阵天香扑鼻，撕下来一口一口喂我，再奉上韩国清酒。不知不觉，两头大鲍鱼一下子吃完，饱饱，不是仙馔是什么？

① 海女：指日本、韩国等国沿海地区专职潜水捕捞海产品的女性。——编者注

养殖金枪鱼

在二十世纪六十年代，日活[①]拍摄的电影在东南亚很受欢迎，戏里的银座，五光十色，是我们住的都市中罕见的。

刚好，友人黄寿森把家里一间房租给了一个日本人，就向他学日文。后来日本领事馆请吃饭，也把我们这几个小伙子带去。

放在餐桌上的一块块生鱼，红中带褐，后来才知道叫为"maguro"[②]，是金枪鱼除了肚腩外的部分。

潮州鱼生吃过，都是切成薄片，和许多配菜，以及点多种酱料来吃的。这种切成厚厚的长方形生东西，看了心中生畏，到底

---

① 日活：全称日活株式会社，日本五大电影公司之一。——编者注

② maguro：本意就是金枪鱼（又称鲔鱼、吞拿鱼），但在日本料理中特指金枪鱼背部的肉。——编者注

是怎么样的一个味道？

年轻嘛，什么东西都要试一试，夹了一块进口，软绵绵、怪怪的，气味没有想象中那么腥，但到底不是令人惊喜的美味。

到了日本半工读，给电影公司的人请到高级餐厅，第一次尝到金枪鱼腹部的刺身toro①，味道一点也不腥，口感甚佳，像一块可以放心生吃的肥猪肉，吃到满嘴是油，香味扑鼻，才了解为什么日本人为此着迷。

领了薪水，自己跑进寿司店叫了些maguro，当年的金枪鱼价，与当今一比，微不足道，但还是认为toro太贵，只能享受到maguro罢了。

的确不错，虽然没那么多油，但还是有一股清香，于是慢慢享受起刺身来。

“当然好吃啦。”日本友人说，“那时候的金枪鱼，叫‘hon-maguro’（本鲔），都是日本沿海捕捉的，那才是真正的金枪鱼。近年来已经被吃得绝了种，现在市面上卖的都是西班牙和克罗地亚进口的，还有印度金枪鱼，味道差个十万八千里。”

日本老饕，还说要吃金枪鱼的话，宁愿要maguro，肚腩的toro太油太腻，没有缟鲹（shimaaji）那么好吃。

已经多年没吃过honmaguro了，上次去了金泽，百万石旅馆的

---

① toro：直译为“大腹”。——编者注

老板请我去一家别致的寿司店，试了一块，才明白他们的话是有道理的。

日本人本身，消耗了全世界金枪鱼产量的八十个巴仙[①]，其他的运到日本以外的国家。从二十世纪六十年代至今，世界各国的人开始欣赏鱼生的美妙，在各地纷纷开起寿司铺来。

七十年代中期中国香港流行吃寿司，经济的起飞，令他们不惜代价，尝过toro之后，maguro就没人去碰了，这个印象保留到现在。我们看见了深红的maguro，都认为是下贱的部分，大家纷纷抢食粉红的toro。

真正懂得金枪鱼鱼味的人，还是会吃maguro。金枪鱼其他部分也好吃，像鱼头面颊的那两片肉，或者鱼脑旁边那两条肉，叫为“脑天”（noten）的，少有人知道它的美味。

金枪鱼已被日本人吃得快要绝种，当今中国富有起来，在上海、北京都有大批食客出现，金枪鱼的价钱炒得更高，日本人已经在投诉连他们也吃不起；如果这个情形发展到广东、四川、湖南、湖北，那么金枪鱼的需求，更会令到价钱比金子更贵。

有鉴于此，日本人着手养殖。什么鱼都养了，三文鱼、黄脚鱲、比目鱼等等，为什么不早就养金枪鱼呢？

---

① 巴仙：东南亚一带的华人用语，即“百分之”，是英语“percent”的音译，“八十个巴仙”即“百分之八十”。——编者注

困难是有的：第一，金枪鱼巨大，有的长达十尺[1]，数百公斤，要多少饲料才能把它们养大？第二，金枪鱼吸气功能极弱，要不断向前游才能活下去，所以连睡觉也在游泳，有那么大的地方让它们生存吗？第三，一些小骚扰也能让它们惊慌，养殖的话，大力撞到网即刻死亡。它们的颈骨极弱，从X光中看到死因，都是因为颈骨折断而死的。第四，金枪鱼和其他鱼不同，会吃同类，肚子一饿，就争个你死我活。

但日本人经过多年的研究，最后克服以上各点，已经把金枪鱼业建立起来。金枪鱼分很多种类，既然要养，就养最佳品种蓝鳍金枪鱼了。

价钱可以卖得高，饲养就不惜工本了，经研究之后，还可把基因改造一下，本来是三成肥七成瘦的，相反地养出七成肥的鱼来，几乎全身都是toro了。

我们对养殖出来的鱼，都有抗拒。事实也是如此，比起野生的，养殖的三文鱼和鳜鱼都不够香。日本养殖出来的金枪鱼，当今在东京的三越百货公司也能买到，售价提高不起来，只有野生的三分之一。

这么一来，养殖金枪鱼只能全部出口了，今后在中国吃到了，也只是这种鱼。但无论如何，养殖的蓝鳍金枪鱼，总比在利比亚

① 尺：1尺约合0.33米。——编者注

和新西兰抓到的劣种金枪鱼好一点。

从前的台湾人，坚持说粉红色的鱼肉就是toro，其实是一种叫"kajikimaguro"（剑鱼腹）的，在捕捉时血液倒流，令至全身粉红罢了。

最近去了一趟日本，专程到养殖场去试，味道我们当然分辨得出。

"怎么样？怎么样？给一点意见吧，你做过《料理的铁人》的评委，知道什么叫真正的金枪鱼。"鱼场老板急切地问。

我点点头："吃得过，不算太差。"

他欣慰地说："我从来没有听过什么人说不好的。我也知道他们说客气话，老实向你说，我自己也没有吃过野生的蓝鳍金枪鱼。"

可怜的年轻人。

骨髓精髓

骨髓，是动物之中最好吃的部分之一，它的口感软滑，味道甜美。从骨管中吸噬出来的，是满口的香浆，仙人的食物也。

但是，当今的人，一看怕怕，白色的东西，和大脑连接起来，以为是一百巴仙的胆固醇。可怜的骨髓，从此在菜单中消失了。

在古老的茶楼中，偶尔能找到蒸骨髓这道点心，用的是猪的背脊髓，质地较硬，也不太香，味道并不十分好。美妙的骨髓，是躲在大腿骨里面的，菜市中肉贩摊子也罕见，家庭主妇更不懂得怎么找。

最常见的猪骨髓，是在所谓的猪骨煲中发现的。这道猪骨煲从吃火锅发展出来，把熬过的猪骨再放进火锅中去煮。大部分的肉已削掉，剩下一点点肉给客人去啃。骨管里面有骨髓，但是很黏，用嘴吸不出，侍者供应一根吸汽水用的塑料管，才能应付。

有时客人还大力地把骨管往桌面上敲，看看骨髓流不流出来，让我想起南洋的印度人，他们把羊肉炆[①]熟后，刮下肉来，剩下一管管的羊大腿骨，用红色的咖喱酱汁炒它一炒，一大碟上桌，客人吸不到骨髓时就往桌上敲，发出“笃笃”的声音。这道菜，就叫“笃笃”了。

西方早有吃骨髓的记载，但东方人吃骨髓的文化不进步，我曾经在欧洲的古董店中找到一根小巧的银匙，只有普通匙子的一半大，打上了“一八二一”的年号和制造商名的罗马字母，就是专门用来挖骨髓吃的工具。

欧洲人吃的，只是牛髓，英国的伊莎贝拉·比顿夫人（Mrs. Isabella Beeton）在一八六四年的菜谱中写着：

用料：骨、小面团、布。

方法：把骨头锯成长条，两端用面粉和水捏成块状封之，然后用布包扎数根骨，直竖着摆进锅中，水要盖往骨顶，煮两个小时，拆除布，就能上桌。点烘过的面包吃，有人把骨髓挖出，涂在面包上，撒盐和胡椒，但动作要快，冷了就不好吃了。

注意事项：用上述方法煮了，再放进焗炉去烘多两小时，亦行。

有一个叫肯尼思·罗伯茨（Kenneth Roberts）的美国人，在

---

① 炆：指用微火炖食物或熬菜。——编者注

一九九五年的一篇小品文中写道：依足比顿夫人的方法去做，结果只剩下骨筒，里面的骨髓全部溶在水中，变成一摊油。

罗伯茨再翻很多烹调书，又努力地尝试，结果又是一摊油，令他气馁。最后他把所有菜谱都丢掉，自己发明了一套骨髓的做法：

把牛骨的双端锯掉，剩下三四吋[①]长的管筒，头尾用布包住，往猛滚的水中放下，煮个十分钟，即捞起，拆开布，撒上盐和胡椒，就能吃到完美的骨髓了。

原来，只要把烹调的时间缩短就是。

罗伯茨还进一步自创骨髓食谱：按上述方法，煮个十分钟，挖出骨髓。把大蒜剁碎，加入大量的软芝士和少许腌制过的小咸鱼，和骨髓均匀地混在一起之后，放进冰箱，让它凝固。切成薄薄的方块，铺在烤面包上，当成送鸡尾酒的小点，非常受欢迎。

做法没错，但是比顿夫人的那一套也是有道理的，煮个两小时，目的是令汤更甜，至于她的骨髓为什么没有溶掉，这是罗伯茨和我都还没有研究出来的。

今年去了匈牙利，有一道汤菜，也是用骨头来煮的。上桌时，骨头排在碟中，让客人就那么吸噬或者挖出来涂面包。另一碟是

① 吋：英寸的旧称，英制长度单位，1英寸约合2.54厘米。——编者注

骨头熬出来的汤，下了大量的红萝卜和椰菜[1]，更甜，把骨边的肉刮出来，剁碎，混入面包糠，做成像狮子头的圆球，和汤一起滚，非常美味。

单单是骨髓、汤和肉球，就是丰富的一餐了。这家人的做法，绝对不是罗伯茨所说的用短时间来煮骨髓，一定有它的秘诀。可惜吃的时候想不到，没去问大厨，下回去布达佩斯，一定要请教请教。

意大利名菜Osso Buco（炖小牛肘），用仔牛大腿肉红烧出来，灵魂也在于挖骨髓来吃。厨子做得不好，让骨髓流失，剩下一管空骨筒的情形也发生过，那么吃这道菜时，就完全失去意义了。

美国人吃牛扒，把肉煎或烤了，旁边加一堆薯仔蓉，就那么锯之，乏味得很。法国南部就不同，他们做牛扒，也不必先问你要多少成熟，总之弄得恰到好处就是。肉的旁边，乍见之下，有个小杯。其实那不是杯，而是在骨节处锯平，下面有强固的组织，不会漏掉骨髓，在上面露出骨髓的那端撒上些盐，焗一焗。客人一面吃牛扒一面吃骨髓，比美国人有文化得多。

引伸这个方法，我到九龙城菜市，向牛肉贩要了两条牛大骨，拿去邻档卖冻肉的，请他们用电锯替我锯出四段杯状的骨头来。

---

① 椰菜：一种蔬菜，又称高丽菜、甘蓝、卷心菜。——编者注

回家，把骨头摆在碟上，舀一汤匙咸鱼酱，淋在骨髓上。放进微波炉，以最高热度加热五分钟，香喷喷的焗骨髓即能上桌。拿出那把古董银匙，挖出来吃，送白饭三大碗，一乐也。

野猪大餐

从飞机上看下来，罗马的近郊，尽是一些农田和果园。我们由酒店出发，经一小时车程，抵达一个小镇，目的是去吃烤野猪。

整只毛鬃鬃的，剥皮，开膛，取出骨头之后，抬到另一间小屋去烧。控制温度的是一位老太太，她的烧烤功夫，已超过六十年。

首先把松木烧成细炭，烤一百多斤重的猪，炉子得是巨型的，像一间房子。

这么一烤就要四小时，慢火。我们在等待期间跑到乡下小酒吧，吃橄榄下酒，酒保是老板的太太，像为先生倒米[1]似的，下手毫不留情，整个水杯满满的Grappa（格拉巴酒），有些餐厅要卖四杯的分量。

---

① 倒米：粤语中有帮倒忙的意思。——编者注

和当地人指手画脚地聊天，老人家热情得很，马上带我们到他家去坐，壁上挂着年轻时的肖像，非常英俊；还有他太太的，也是位美女。

四小时很快过去，野猪烤好了。刀切下去，像糯米团那般软绵绵，野猪肉硬的印象完全扫清。其香味，至少有家猪的十倍浓。

中间的肉，还有点血淋淋的。牛肉生吃不要紧，猪肉不行。到底吃不吃？正在犹豫，烤猪的老太太说不要紧，已经熟了，一片片吞下肚。你能吃，我也能吃，学足她的手势，一片片吞下肚。

香，多汁，软熟，与中国的烧金猪完全不同，当然皮没有我们烤得那么爽脆，但以野猪味补其不足，是毕生尝过的很美味的一餐。吃完把手擦干净，大叫："朕，满足也！"

同行友人嫌残忍，不敢吃。

我亦尊重她的意见，不过，我说，家猪你吃不吃呢？对方点头，我又说，野猪又有什么分别？这家伙横行霸道，一生摧毁农作物无数，更有用尖牙撞死小孩的例子，若不食此厮，家猪更不能碰。

听了有点道理，友人用刀叉试了一口，已不能停止，到后来干脆用手撕，吃得满嘴是油。

这才是享受人生嘛。

全鹿宴

新西兰地广人稀，是养鹿的好地方。

招呼我们的是何氏三兄弟，大哥二哥做鹿药材生意，三弟开餐厅，知道我好吃，向我说："如果要吃全鹿宴，可到我大哥那儿，专为你做一桌。"

欣然前往，该日的菜谱是：鹿尾汤，鲜鹿茸、鹿柳、鹿肝之刺身，鹿鞭煲，麻辣鹿腩，铁板鹿扒，串烧鹿肉，鹿小腿和各种鹿香肠，加上鹿茸浸的白兰地和威士忌。

所谓鹿尾，我的确无知，还以为是雌鹿的生殖器，原来名副其实是鹿尾。每只鹿的尾巴都很短，割了下来冷冻时还带毛，把毛拔光取出一个黑色的囊，羊尾般大，就是在中药行中常见到的那种。

鹿是没有胆囊的，尾代替这个功能。《本草纲目》中说鹿尾是壮腰健肾、纳元气、增活力之宝物，相信差不了哪里去。同人参、鸡和米酒熬几个小时，还是有点异味，喝一口就停下了。

鹿茸刺身倒是第一次试，用角顶端部位切成薄片，蘸酱油和山葵吃，爽爽脆脆。生鹿肉吃起来像toro，很美味，生鹿肝则像鲍鱼肠。

鹿鞭煲起来像牛鞭，所有的鞭都令人想起煲烂的牛筋，懂得欣赏牛筋，吃鞭就吃鞭，不觉恐怖。

反而是麻辣焖出来的鹿腩最精彩，又香又软熟，鹿扒淋上红酒，也比牛扒易嚼。从前在欧洲，只有皇亲国戚才有资格吃，是极高级的肉类，小腿肉连骨，吃完吸骨中的髓。串烧和香肠较为普通，并无特色。

鹿茸浸的白兰地和威士忌味道有点怪怪，不宜多喝。中国人传说中的“以形补形”，并无太大的根据，吃了那么多尾和鞭，觉得全身血液循环得快，不过是白兰地和威士忌在肚中作怪，和补不补、形不形搭不上关系，但也是个奇妙的经验。

第二章

为了这道菜

中国人说饱，拍拍肚子；日本人说饱，用手放在颈项；西班牙人说饱，是双手指着耳朵示意已经饱得从双耳流出来。

炒饭的艺术

有身份不必自炊的人、对厨艺一点兴趣也没有的人，请不必看下去。这篇东西读了无益。

通常自己弄几味菜，要是不会炒炒饭的话，真应该打屁股。

炒饭，是烹调之中最基本的一道菜，但是要炒一碟能称上好吃的，最难。

什么叫作“好吃”和“不好吃”呢？看一眼即知。

先把蛋煎熟了，再混入饭中的，已经不及格，因为把这两种东西一分开，就不够香了。

炒饭的最高境界在于炒得蛋包住米粒，呈金黄，才能叫得上是炒饭。要达到这个效果，先得下油，待热得冒烟，倒入隔夜饭，炒至米粒在镬中跳跃，才打蛋进去。

蛋不能事先发好，要整个下，再以镬铲炒之，就能达到蛋包饭的效果，给蛋白包住的呈银，蛋黄呈金。两者混杂，煞是好看。

为什么要用隔夜饭？米粒冷却之后才能分开，刚炊熟的黐成一团，不容易粒粒都照顾得到。

至于用什么米来炊呢？蓬莱米和日本米虽然肥肥胖胖，但黏性极强，不是上选，普通米最佳，泰国香米是我最喜欢用的材料。

配料应该是雪柜里有什么就用什么了，不必苛求。爆香小红葱，广东人叫干葱的，已很不错，用洋葱来代替也行，不过要切粒，爆至微焦才甜。

基本上所有的配料都应切粒，只能大过米粒两三倍，才不喧宾夺主。加上一条切粒腊肠，炒饭即起变化，腊肠是炒饭的最佳拍档。

有点虾更好，冷冻的固佳，但新鲜游水虾白灼之后，切粒炒之是正途。绝对不能用养殖的，养的虾已不是虾，是发泡胶。

金华火腿切粒也是好配料，但先得蒸熟。随便一点，用西洋培根代替，爆脆后放在一边待用，没有这两种，也可用叉烧粒入饭。

日本人做中华料理炒饭，喜欢加荷兰豆，一粒粒圆圆绿绿的，扮相好，但味道差。蔬菜之中和炒饭配搭得最好的是芥蓝，将芥蓝干切片，叶子切丝炒之。夏日季节中，用芥菜好了，芥菜任何时候吃都美味，蔬菜不甜的带点苦，更似人生。

豪华奢侈起来，可用螃蟹肉来代替鲜虾，蒸好螃蟹拆肉备用。

蒸时在水中下点醋，熟了也不会酸，但拆肉就容易得多。当然，以大闸蟹的膏来炒，美妙得很。

再追求下去，用云丹（uni）来炒，更上一层楼，吃铁板烧的时候，最后大师傅一定来碟炒饭，这时请他来一盒海胆，“嗖”的一声铺在饭上，兜几下，即成。

调味方面，材料丰富的话撒点盐就是。但是单单的一味小红葱炒饭，就要借助鱼露了，鱼露带腥，可避寡，能有起死回生的作用。

喜欢蚝油和大量味精的师傅，最要不得。如果要用蚝油，就宁愿取虾膏了。虾膏分两种，干的一块块的和湿的瓶装的。前者切成薄片后先用油爆，再以镬铲压碎，混入饭中；后者舀一两茶匙在炒饭上。虾膏永远惹味[①]，可用它取巧。

上桌之前撒不撒胡椒？就要看你好不好此物，我下胡椒是在把蛋包在米粒的阶段中。

炒饭不能死守一法，太单调，便失去乐趣，我虽然很反对所谓的混合料理（Fusion Food），但是求变化时，在炒饭的上碟阶段加入伊朗鱼子酱，也是一招。法国鹅肝酱则不好用，它太湿了，要煎过之后用镬铲切粒才行。而且得选最好的，不然吃起来总有一股异味，从此对鹅肝酱印象极差，以为都是难吃，那么人生又

---

① 惹味：粤语指美味、入味。——编者注

要少了一种味觉了。

以龙虾肉来代替鲜虾肉也是一种想法，但不能采用澳大利亚或波士顿的龙虾，只有南中国海的龙虾，肉质才不粗糙。

香菇浸水后切粒炒饭也是好吃，但如果把菌类派上用场，那么也有法国黑松露菌和意大利白菌的选择。

粤人有一道姜蓉炒饭，一般是把姜切成碎粒，油爆之。这种方法怎么爆也爆不出姜香来。姜蓉炒饭的秘诀在于把姜磨碎之后，包布挤出汁来，而姜汁弃之，只采姜渣，混入米饭中炒，才够香味。

昨日在菜市场看到新鲜的荷叶，要回来烧一姜蓉炒饭，置于荷叶之上。又逢黄油蟹当造，买了一只，用洗牙齿的Water Pik喷水器把螃蟹腿上的腋下处喷个干净，再以清水喂一天，冲净肠胃，把螃蟹摆在姜蓉炒饭上，荷叶包裹，蒸三十分钟，取出，剪开，香气迫人来。

高贵的材料都属险招，偶尔使之以补厨艺的不精是可以接受的。一吃多了就腻，反效果的。

返回炒饭的精神：是种最简单的充饥烹调。

但是千万要记住的是用猪油来炒，其他什么粟米油、花生油、橄榄油，都不能烧出一碟好炒饭。爆完猪油后的猪油渣，已是炒饭的最佳配料。

“什么？用猪油？不怕胆固醇吗？”小朋友问。

任何东西偶一食之，总可放心。而且，大家都知道胆固醇有好的和坏的。

别人吃的，都是坏的；我们吃的，都是好的。

馍

在西安，吃来吃去，离开不了“馍”。

馍是什么？烧饼是也。

我跑去看它的制作，用面粉加水成团，再搓一粒粒圆球，用手一压，成一块饼状。大的有一寸厚，直径有四寸，像一个小咖啡杯的碟子那么大。

普通的饼是把面团往挂炉的壁上一贴，发胀后烧出来；馍是放在一块平坦的铁板上烧的，表面有几点焦，表示馍已烤熟。

所谓的羊肉泡馍，就是用这块东西撕开，放进碗中，再淋汤罢了。你不吃羊肉的话，也有牛肉，茹素者可叫斋泡馍。

陕西人吃泡馍，有一个仪式，有如茶道。上西安的馆子，坐下，见桌上有几个空的铁碟子，旁边有碟生大蒜让你剥。

一叫馍，侍者便会送你一个盛汤用的空大碗，再把两块大馍往空的铁碟上放。

这时，三五知己就开始掰了。

掰要有技巧，也不高深，只要把馍用手分开，掰得愈细愈好。大家一面掰一面聊天，绝对不能急，一块馍要掰个老半天。凡是用机器把馍切开的，都为陕西人所不屑。

有的人要掰两块馍，有的人只要半块，看你食量。掰好了，就叫小二拿去。

我也跟进厨房，见有一大锅的羊肉汤，已熬了数小时或整天吧。汤中不断加粉丝，大师傅用勺子把汤和粉丝舀进大碗中，即能上桌。你会发现，肉的分量少得可怜。

如果你只要汤不吃馍，那么大的一个碗只有三分之一不到。吃时有三种配料：舂碎的辣椒、芫荽和糖蒜。

陕西人将泡馍视为神圣的，不能批评，而且一定问你印象如何。我在电视节目上说把馍掰得像米粒那么细，是因为他们向往吃大米而导致的，差点引起公愤，说完逃之夭夭。

粽

端午节将临，又是吃粽子的时候。

每次写到“粽”字，就想起“傻”。人吃米饭嘛，有个米字边就成“粽”，回到人旁，便是傻瓜一个。[①]四十年前琼华酒楼的广告，写着一大“粽”字，下面中型的字写着：“边个话我傻。”[②]左右的小字写着：“可祭三间之魄，可供五脏之神。”这个广告，也联想到“傻”字上面，或者因为粽子是糯米做的，囫囵吞之哽死，傻子一个，从了米旁。

我用字还是喜欢用“粽”，以米饭祭屈原老祖宗，很好。

---

① 由于“粽”字繁体写法为“糉”，与“傻”字的繁体写法“傻”相近，故有此说。——编者注

② 此句在粤语中意为“谁说我傻”。——编者注

文人论题，总爱由典故说起，所有的饮食文章都会告诉你粽子的起源和典故。读之重复又重复，如果你喜欢研究，看其他书去，我要讲的，是自己的一个吃粽子的旅程。

作为香港人，天天就能吃到粽子，只要你到粥面店，都有裹蒸粽出售，制法大概是从著名的肇庆蒸粽传来，但已没那么讲究，包的馅只有猪肉。正宗肇庆蒸粽的馅料有五香粉猪腩肉、咸蛋黄、虾米、栗子、蚝豉、香肠和腊鸭。蒸的时间，规定用大锅蒸十小时。

当今的肇庆粽水平如何，没机会去试，最靠近那种味道的，反而在澳门找得到，清平直街内的杏香园做的粽子材料十足，四粒象棋般大的江瑶柱和三个蛋黄，绝不欺客。

一近端午，各式的粽子就出现了，有的不在味觉上下功夫，只是求大，故有所谓珍宝粽的出现，比普通的大出三五倍来；还有人想打破世界纪录，做出六百公斤的“粽王”，怎会好吃呢？蒸它三百六十五天也蒸不透。

包粽的材料，最初用竹筒，这种做法还流传到老挝、缅甸一带，把糯米塞入竹筒中烧烤出来，没有馅的居多。你如果想尝试一下，可在九龙城的泰国杂货店买到。

接着是用竹叶、芦苇叶，也有芭蕉叶和莲叶包的。奇异品种在台湾嘉义，有种叫山猪耳的，生长在峭壁上，它比竹叶更厚更韧，又有一股幽香，是包粽子的最好材料。

广东中山生长的芦兜，村中儿童斗的金丝猫蜘蛛[1]，最爱藏于它的叶片中。用芦兜来包粽子，据说可持久不坏。说到中山，所制碱水最佳，把稻草、簕树[2]和苏木的芯烧成灰，水浸后就成碱水，用它炮制的碱水粽不用冰箱，放它一个月再吃也不要紧。

当今的碱水粽，就是放弃竹筒，以竹叶来包的原始形态和味道，用的黍米又叫大黄米，古时候叫黏黍，包出来的东西称为角黍。湖北省西部的秭归县为屈原的老家，至今还用最传统的方法包粽，但黍米已被糯米代替，制法为：芦苇叶用沸水烫软，裹时每次用三张叶，置左手掌中，撑开，下面两片重叠，上面一片在两张叶交缝处压实，左右相折卷成三角圆锥形，放糯米与红枣一个，压实卷包成菱形粽子，用芦苇扎紧，大火焖煮即成。

古时一般老百姓都穷，没肉吃，也没糖，甜味就出自那粒红枣，山东名点之一叫黄米红枣粽，到现在还用黄米。用糯米包粽，始于唐代。

台湾有种粿粽，则将糯米舀成黏膏，再把瘦肉拆成丝，用糖炒过来包的，味道相当不错。经济起飞后，许多著名的台南担仔面店纷纷推出豪华粽子，馅中有鲍鱼、江瑶柱、生蚝、海参鱼翅等等，以本伤人。吃一两个还可以，多了生腻，当然比不上老百

① 金丝猫蜘蛛：又称豹虎，某些蝇虎科蜘蛛的俗称。——编者注

② 簕（lè）树：又称簕仔树，学名光荚含羞草。——编者注

姓最爱的烧肉粽，基本上它只包着肥猪肉，但用五香粉腌过，香料味极重，这也是由福建泉州传来的小食。至于台南的吉仔肉粽，馅中百味杂陈，也许是肇庆粽传过去的吧？

粽子的形状当今只剩下三角形和长形罢了，从前有菱粽、丸子粽、百索粽和牛角形的角黍，都已淘汰掉了。香港人把附近地区叫为“南方”，珠江三角洲以上的都是“北方”，大致三角形的叫为“南方粽”，枕头或长方形的都是“北方粽”。

代表北方粽的有嘉兴粽子，从上海登沪杭甬公路，途中休息站中有卖嘉兴粽，买一个来试试。打开粽叶果然香味扑鼻，馅只有肥猪肉一块，但已蒸得融化进糯米中，好吃自然有它的道理。

嘉兴五芳斋已有上百年历史，在糯米中按次加糖、盐、红酱油拌匀。将猪腿肉去皮，横切成肥瘦兼有的长方条，加调味料反复搓擦，包成长方形，用草绳捆扎六圈，再将草绳头尾并在一起，转三转塞入草圈内。草绳绕得紧紧的，但不能扎死，不能打结。大火煮一小时，停火后焖，吃时草绳容易解开才是真功夫。

粽子无论怎么变化，有三种基本材料：米、叶和绳。最早的记载有五色线绳，除了草绳，现在有人用棉绳，但是到塑料绳也派上用场时，那颗粽，不吃也罢。

至于湖州的诸老大老店的猪油豆沙粽，据唐鲁孙先生说：吃到嘴里甜度适中，不太甜也不腻口，尤其是粽子包扎的松紧，恰到好处，糯软不糜，靠近豆沙的不夹生，靠近粽叶不沾滞。这是别家粽子店做不到的，把他老人家引得口水直流。

一般上粽子不是甜就是咸，唯一不同的是潮州的，它一半咸，是有肥猪肉和栗子等；一半甜，是有豆沙。汕头妈祖宫的粽子最著名。

吃粽子一下子就吃饱了，停不下的人过后一定很辛苦。喜欢的话可以分开进食，把剩下的切片，再煎炸出来吃，或者再用小叶包之。要找迷你粽，泰国人手工细，他们包成一串串的，每颗只有葡萄般大。粽子加工，叫为“粽再蒸”，是清代名点之一。

香港九龙城的新三阳南货店，包的粽子最好吃，白米粽和碱水粽卖七块钱。猪肉粽十四块，蛋黄和肉的十七块，金华火腿的二十九块。最豪华的粽很大只，包鲜肉、蛋黄和金华火腿，要卖到四十五块了。住在香港很好运，天天过节，日日吃粽，在这里做傻瓜也幸福。

米粉颂

除了面，我最爱的就是米粉了。

米粉基本上用米浆制作，有种种的形态，不可混淆。很粗的叫米线，也有掺了粟粉的越南米线，称之为“檬”，有点像香港人做的濑粉。更细的是内地米粉，比内地米粉还要幼细，只有它三分之一粗的，是台湾新竹县产的米粉。而天下最细的是掺了面粉的面线，只比头发粗一点罢了。

我们要谈的，集中于内地米粉和台湾米粉。

制作过程相当繁复，古法是先把优质米洗净后泡数小时，待米粒膨胀并软化，便能放入石磨中，人手磨出米浆来。装入布袋，把米浆中的水分压干，就可以拿去蒸了。

只蒸五成熟，取出扭捏成米团，压扁，拉条。只有最熟练的工人才可以拉出最幼细的米条，即入开水中煮，再过冷河[1]，以免粉条粘黏。最后晒干之前，拆成一撮撮，用筷子夹起，对折平铺在竹筛上，日晒而成。

要做出好的米粉不易，完全靠厂家的经验和信用，产品才能根根幼细，在煮熟后也不折断。进口有咬头，太硬或太软都是次货，而颜色带点微黄，要是全为洁洁白白的米粉，那么一定经过漂白，不知下了什么化学物质，千万别碰。

多年前，还能在裕华百货的地下食品部买到新鲜运来的东莞米粉，拿来煮汤，最为好吃。当今的已多是干货了。菜市场中的面档，也能买到本地制作的新鲜粗米粉，大多数是供应给越南或泰国餐馆做檬的。

到了高级一点的杂货店，像九龙城的新三阳，就能买到各种干米粉。最多人光顾的是孔雀牌东莞米粉和双雀牌江门排粉，都属于较粗的国内米粉，茶餐厅所煮的汤米，都用这两个牌子的货，它们易断，味道不是太坏，也并不给人惊为天人的感觉。

质地较韧的有天鹅牌，它煮熟后不必过冷河，即可进食，米质也较佳，为泰国制造，超力公司总代理。超力自己也生产米粉，若嫌麻烦，要吃即食包装的银丝米粉，最有信用。

众多的米粉之中，我最爱吃的是台湾米粉，也有多种选择。

---

① 过冷河：指在冷水中过一下。——编者注

大集团新东阳生产的，还有虎牌的新竹米粉等，因为台湾米粉价贵，当今福建也大量生产新竹米粉，只卖五分之一的价钱。

长年的选择和试食之下，发现新竹米粉之中，最好吃的是双龙牌，由新华米粉厂制作。

新竹米粉不必煮太久，和方便面的时间差不多就能进食，也不必过冷河。家里有剩菜剩汤，翌日加热水，把新竹米粉放进去滚一滚，就是一样很好的早餐。

米粉和肥猪肉的配合极佳，它能吸收油质。买一罐默林牌的红烧扣肉罐头，煮成汤，下米粉，亦简易。下一点功夫，炆只猪脚煮米粉，是台湾人生日必吃的，我也依足这个传统，在那一天煮碗猪脚米粉，为自己庆祝一下。

说到炒，台湾人的炒米粉可说天下第一了，做法说简单也简单，说难亦难，台湾男人娶媳妇，首先叫她炒个米粉判手艺，好坏有天渊之别。

配料丰俭由人，最平凡的只是加些豆芽，以及台湾人叫高丽菜或香港人叫椰菜的，[1]就可以炒出素米粉来。豪华的可要用虾米、猪肉、黑木耳、鸡蛋、葱和冬菇等，也不是太贵的食材，切丝后备用。

炒时下猪油，爆香蒜蓉。米粉先浸它十分钟，捞起下锅。左

---

① 高丽菜、椰菜都是同一种蔬菜，又称甘蓝、卷心菜。——编者注

手抓镬铲，右手抓筷子，迅速地一面翻炒一面搅，才不至于粘底变焦。太干时，即刻加浸了虾米的水，当成上汤，炒至半熟，把米粉拨开，留出中间的空位，再下猪油和蒜，爆香上述配料。这时全部混在一起炒，最后下酱油调味，大功告成。

一碟好的炒米粉，吃过毕生难忘。

下些味精，无可厚非，但如果你对它敏感，就可炒南瓜米粉。南瓜带甜，先切成细丝，炒至半糊，再下米粉混拌。要豪华，加点新鲜蛤蜊肉。台湾南部的人炒南瓜米线，最为拿手。

香港茶餐厅中也有炒米粉这一道菜，但没多少家做得好，九龙城街市三楼熟食档中的乐园，炒的米粉材料中有午餐肉、鸡蛋、菜心和肉丝雪里蕻，非常精彩，我自己不做早餐时就去点来吃。

我们熟悉的星洲[①]炒米粉，只是下了一些咖喱粉，就冒称南洋食品，其实它已成为香港菜了，有独特的风格。

在星马[②]吃到的炒米粉，多数是海南师傅传下的手艺。先下油，把泡开的米粉煎至半焦，再炒鱿鱼、肉片、虾和豆芽，下点粉把菜汁煮浓，再淋在米粉上面，上桌时等芡汁浸湿了米粉再吃。记忆中，他们用的米粉也很细，不是中国货，南洋应有一些很好的米粉厂供应。

---

① 星洲：东南亚及港台地区华人对新加坡的别称。——编者注

② 星马：新加坡和马来西亚的统称。——编者注

如果你也爱吃米粉，那么试试自己做吧。煮也好炒也好，失败几次就能成为高手。也不一定依足传统，可按照煮面或意大利粉的方法去尝试。米粉只是一种最普遍的食材，能不能成为佳肴，全靠你自己的要求。

黄鳝饭

“台山最出名的菜是什么？”我问。

“黄鳝饭呀。”主人家说。想起来了，从前在中山，也有人做过，味道的确不错，在台山当地吃，应该更好吧。

“我们已经安排好，到台山第一家兴华黄鳝饭酒楼去试。老板听说你要来，特地从外国赶到。”友人说。

到了一看，地方简陋，但我们不是来吃地方的。不坐冷气间，到开放的茅屋大厅去，旁桌摆满了食材给我看，计有马须草[①]、萝卜、鬼爪螺[②]和番薯。

鬼爪螺是一种像迷你恐龙爪的生物，附在海边岩石上。从前

---

① 马须草：又名问荆。——编者注

② 鬼爪螺：又名龟足、佛手贝。——编者注

在香港也很多，我在清水湾邵氏片厂生活时，常到西贡区雇一艘小艇，拿了一瓶孖蒸[1]出海。船夫摇到小岛，用凿子在岩石上挖鬼爪螺给我，剥了壳就那么生吃，甜美得很。喝了酒，醉醺醺，就那么在船上睡午觉，一个电话也没有，的确逍遥自在。

台山的鬼爪螺很瘦小，灼熟了没有什么肉吃，我在西班牙试过大型的，有手指那么粗，才称得上“啖啖肉”[2]。

马须是种野草，用来煲生鱼汤，是台山的家常菜，回乡者一定先点这道菜，以慰乡愁，对我们这些不是土生土长的人，也算是一道清汤。

重皮蟹[3]很肥，膏也多。台山的好处是靠海，能尝海鲜，但河鱼也不少，山珍更多。肥美的萝卜用上汤来熬个六小时，其他什么材料或调味品都不加，已清甜得要命。主角当然是黄鳝饭了，问老板：“怎么做？”

“先洗净米，煲水，等滚，抓一把黄鳝就那么扔进锅里，饭炊到半熟，把黄鳝取出，去掉骨头。另加姜片和酱油，再煲到熟为止。”他解释。

---

① 孖（zī）蒸：又称双蒸酒，指发酵、蒸馏过两次的酒。——编者注

② 啖啖肉：意为每一口都是净肉。——编者注

③ 重皮蟹：指农历四五月间的青蟹，由于正处于换壳季节，其旧壳下有一层软的新壳，故有此称。——编者注

“有种最古老的做法，”我说，“饭回锅时，再劏[1]大量黄鳝，只取其血，淋上再炊。”

“可以试试。”老板说，“照你那么说，一想就知道味道会更好。”

虽然是自己想出来的，讲成古法，说服力较强。

① 劏（tāng）：粤语词，指宰杀。——编者注

开水白菜

说到“开水白菜”，王子辉在山东画报出版社的《品味谈吃》一书中有更详细的描述：

以老母鸡、鸭子、排骨、棒子骨（猪的腿骨）、鲜猪瘦肉、鸡脯肉为主要原料，适量加入葱结（把长葱打成一个结）、生姜、绍兴酒和精盐来煮。制作时，先将食材洗净入锅烧沸，除沫，再把拍松的生姜和葱结放入，加调味料继续热煮。

另一厢，猪瘦肉、鸡脯肉用刀背剁成蓉，先用部分猪瘦肉蓉兑清水搅匀，倒入汤中，待肉蓉浮起，先撇去浮沫，捞取。

接着将汤全部舀入吊子或包罐内，剩下的鸡、鸭、排骨、棒子骨用清水洗净，依次放入汤中，旺火烧沸，移至微火上，让汤呈似沸非沸状态。

此时汤色如绍兴酒，清亮而鲜香，若有浮油，当即去尽，汤便制成。

使用时，还要用鸡蓉加清水搅匀成团状，放入汤中再“扫汤”一两次，使汤色更加清亮，汤味更加鲜香。

要注意的是，“扫汤”要巧用火力，以文火徐徐进行，操之过急，火力稍大，可能冲散肉蓉，使清汤不成，再用纱布过滤方法补救，既费时误事，也有损汤的鲜香，亦非成功之作。

有了这样的汤，才能制作开水白菜。制作时，先将白菜洗净，去筋，放入沸水中煮到断生[①]，即捞起入凉开水漂凉，接着用刀修整成形，并入汤碗。

另取炒锅置旺火上，入清汤，加味料烧沸，轻轻倒入菜心碗内，再上笼蒸烫，即成。

王子辉说的前两个步骤与“喻家厨房”的大同小异，但最后的步骤不够高明，白菜放入沸水煮，又用凉水冲之，水味十足，与汤一混合，虽然蒸过，也冲淡了。白菜用清水煮，汤根本不入味，还是一切用汤来炮制更佳，不冲凉水过冷河也不要紧。

---

① 断生：意为八分熟。——编者注

烧　卖

友人要在广州开一间点心专门店，叫我去试试他心目中那位厨师的手艺。

餐厅开在大酒店里面，上桌的蒸笼里，有兔子形的、刺猬形的种种虾饺，味道还可以，最后我点了一笼烧卖。

翌日，约友人在白天鹅，吃过丘师傅做的烧卖之后，友人不作声，他已知道了我的答案。虾饺和烧卖，在点心中最基本的两种小吃，做得不好的话，别的不必试了，我还带友人去见一位传统点心的老手，叫何世晃。

何先生不但精通烹调，还喜欢作诗，在《粤点诗集八十首》一书，关于烧卖，他写着：

“纤腰细摆面带红，玉洁肤娇乳交融；烧卖原为北风道，喜临南粤情意浓。”

可见烧卖是外来食物，北方人多包糯米之类，来到了富庶的南方，馅中才加了肉。至于外形的细腰，是在制作时在中央以指一捏，正宗的并非又圆又直。上面铺的红色东西，应是螃蟹的膏，但平民化时，用人工蟹黄，也是可以接受的。

猪肉的肥瘦，比例应该是七分半瘦，二分半肥，用手切成六七毫米宽的方丁。这有多大？不会用尺去量吧？形象一点，是切成黄豆一般大就是，千万不可用机器磨。

肉丁除了食盐之外，不加任何调味品，顺着一个方向拼命打匀，直到馅料变得黏手，这时可以放些葱白和油。

油也有讲究，用大地鱼慢火浸炸，剩下的油才香。

顶上的蟹黄，天然的高级。人造蟹黄无可厚非，制作过程是用鸡蛋、生油及柠檬黄、玫瑰红等对人体无害的色素，拌匀后烹熟铺上。

当今滥用的所谓蟹子，其实是飞鱼子，冒充日本高级货，染得通红，放在烧卖上蒸出来后，褪色成暧昧的粉红，一看倒胃，宁愿用人工蟹黄。

像在美、加唐人街吃到的烧卖，体积有如一颗青柠，鬼佬荔枝[①]般大，简直可以掷死人了。

---

① 鬼佬荔枝：又称番荔枝、释迦果，果实直径5—10厘米。——编者注

虾　饺

烧卖从北方传下，虾饺可应该是南粤独有的了，何世晃在他的诗上形容：

“倒扇罗帏蝉透衣，嫣红浅笑半含痴；细尝顿感流香液，不枉岭南独一枝。”

如果查出处，虾饺是十九世纪末二十世纪初在广州五凤村的村民首创的，五凤村是河涌交错处，有很多鱼虾，当地人把最新鲜的虾剥壳后包上米粉皮，做出洁白清爽的虾饺来。

用的应当是河虾，最为鲜美，这点上海人早已知道。当今茶楼中做的以海虾代替，而且不懂得选小尾的，包出又肿又大的虾饺，一看就倒胃。

虾饺大小像核桃，形状如弯梳，有“倒扇”之称，至于有多少折叠，那并不重要。最要紧的是皮薄，一厚，也令人反感。不透明，颜色混浊，更是致命伤，看见了不吃也罢。

皮的制作，说起来像一匹布那么长，先要把生粉过筛，加盐后放入不锈钢或铁盘等易传热的容器，加一百度的沸水，迅速用棍棒搅匀，粉团有专用名词，叫澄面[①]。

澄面加猪油搓揉，这很重要，不管你怕不怕胆固醇，也得用。植物油的话，香味尽失，不如去吃叉烧包。

取一小团澄面，用中国厨刀的背一压一搓，薄皮即成，这种手法，练习多次后一定能学会。

馅的制法是将河虾洗净，干布吸水，平刀压烂，加上在水里煲一煲的红萝卜丝和贡菜丝，一起打成胶，再放猪油搅拌，放入冰箱冷冻，待馅的油脂凝固，便可包虾饺了。

秘诀在于做澄面时，滚水的分量一定要算准，否则太稠时中途加水，就失败了，而容器用易传热的，可利用余温把澄面焗熟。

蒸多久？要看你的炉子大小，一般，水滚后放入蒸笼中，三分钟即熟。练习数次，便能掌握。请记得，做虾饺等点心全靠心机，动手一做，便会发现简单得很。

---

① 澄面：又称澄粉、小麦淀粉。——编者注

怀旧大包

本来想讲广东三大点心：虾蛟、烧卖和叉烧包，但最后还是决定写怀旧大包。

本名大包，已没人做了，故冠上“怀旧”二字。此名也被当成俚语：“卖大包，任人抄。”意思是大做人情，不计工本。

当今能在香港吃到的较为正宗的大包，只有北角和旺角那两家凤城酒家的姊妹店，陆羽茶室也罕见，因为吃一个就饱，做不成生意。

大小有标准吗？许多大包都不够大，应该是蒸四粒虾饺、烧卖的蒸笼装得进一个的，才有资格叫大包。

馅的内容有没有规定？原则上应有鸡球、鸡蛋和叉烧这三样主要的材料，故旧时也叫为“三星大包”。

也有传说是酒楼当晚吃剩下什么，翌日便斩件制成馅，但当今的这三种主要食材，都不是什么贵货，也不必利用隔夜馊吧。

其他的，恣意加上好了，通常计有腊肠、腊肉、咸蛋黄、冬菇、火鸭[1]。有些茶楼，名副其实地“任人抄”，会加上鲍鱼、鱼翅、鱼唇和鹅肝酱等，已不平民化，失去了意义。

自己做难吗？难！难在做大包的皮。和叉烧包皮原理一样，先得发面粉，将面粉筛过，加清水，还要放发酵粉之类的东西，叫面种。

揉拌至面种柔滑，在室温中发酵七八个小时，看天气增减。接下来的步骤最难控制，得加碱水，碱水分量全凭经验，然后放白糖，再搓揉。又得再加干面粉，揉匀过程中添少许清水，让面团更加绵软顺滑。

将包子皮分件，用木棍压平，包入馅，下面垫上薄的底纸，有时撕不干净，可能会把纸吃进去。不铺又会觉得缺了这个步骤，是不是正宗，甚为纠结。

猛火蒸，因包子大，至少十五分钟以上才能熟透，这时香喷喷上桌，看见那包子个头之大，孩子都“哇”的一声叫了出来，这种味觉和童趣，是汉堡包永远给不到我们的。

---

① 火鸭：又名疣头鸭、番鸭。——编者注

面痴（上）

已经不记得是什么时候，我成了一个“面痴”。

只知从小妈妈叫我吃白饭，我总推三推四；遇到面，我抢，怕给哥哥姐姐们先扫光。

“一年三百六十五日，天天给你吃面好不好？”妈妈笑着问。

我很严肃地大力点头。

第一次出国，到了马来西亚吉隆坡，联邦酒店对面的空地是的士站，专有长途车到金马仑高原，三四个不认识的人可共乘一辆。到了深夜，我看到一家小店，店名叫“流口水”，服务的士司机。

肚子饿了，吃那么一碟，美味之极，从此中面毒更深。

那是一种叫“福建炒面”的，只在吉隆坡才有，我长大后去福建，也没吃过同样味道的东西。首先是面条，和一般的黄色油面不同，它比日本乌冬面还要粗，切成四方形的长条。

下大量的猪油，一面炒一面撒大地鱼粉[①]和猪油渣，其香味可想而知，带甜，是淋了浓稠的黑酱油，像海南鸡饭的那种。

配料只有几小块的鱿鱼和肉片，炒至七成熟，撒一把椰菜豆芽和猪油渣进去，上锅盖，让料汁炆进面内，打开锅盖，再翻兜几下，一碟黑漆漆、乌油油的福建炒面大功告成。

有了吉隆坡女友之后，去完再去，福建炒面吃完再吃，有一档开在银行后面，有一档在卫星市PJ[②]，还有最著名的茨厂街金莲记。

最初接触到的云吞面我也喜欢，记得是大世界游乐场中由广州来的小贩档，档主伙计都是一人包办，连工厂也包办。一早用竹升打面，下午用猪骨和大地鱼滚好汤，晚上卖面。宣传部也由他负责，把竹片敲得笃笃作响。

汤和面都很正宗，只是叉烧不同。猪肉完全用瘦的，涂上麦芽糖，烧得只有红色，没有焦黑，因为不带肥，所以烧不出又红又黑的效果来。

从此一脉相传，南洋的叉烧面用的叉烧，都又枯又瘦。有些小贩手艺也学得不精，难吃得要命，但这种难吃的味道已成为乡愁，会专找来吃。

---

① 大地鱼粉：大地鱼即比目鱼，大地鱼粉即用比目鱼为原料制成的调味粉。——编者注

② 卫星市PJ：马来西亚城市名，全称必打灵查亚或八打灵再也（Petaling Jaya）。——编者注

南洋的云吞面已自成一格，我爱吃的是干捞，在空碟上下了黑醋、酱油、西红柿酱、辣酱。面灑好，沥干水分，混在酱料中，上面铺几条南洋天气下长得不肥又不美的菜心，再有几片雪白带红的叉烧。另外奉送一小碗汤，汤中有几粒云吞，包得很小，皮多馅少。

致命的引诱，是下了大量的猪油渣，和那碟小酱油中的糖醋绿辣椒，有这两样东西，什么料也可以不加，就能连吃三碟，因为面的分量到底不多。

六十年代到了日本，他们的经济尚未起飞，民生相当贫困。新宿西口的车站是用木头搭的，走出来，在桥下还有流莺，她们吃的消夜，就是小贩档的拉面。

凑上去试一碗，那是什么面？硬邦邦的面条，那碗汤一点肉味也没有，全是酱油和水勾出来的，当然下很多的味精，但价钱便宜，是最佳选择。

当今大家吃的日本拉面，是数十年后经过精益求精的结果，才有什么猪骨汤、面豉汤底的出现，要是现在各位吃了最初的日本拉面，一定会吐出来。

方便面也是那个年代才发明的，但可以说和当今的产品同样美味，才会吃上瘾，或者说是被迫吃上瘾吧！那是当年最便宜、最方便的食物，家里是一箱箱地买，一箱二十四包，年轻胃口大，一个月要吃五六箱。

什么？全吃方便面？一点也不错，薪水一发，就请客去，来访的友人都不知日本物价的高，一餐往往要吃掉我的十分之八九的收入，剩下的，就是交通费和方便面了。

最原始的方便面，除了那包味精粉，还有用透明塑料纸包着两片竹笋干，比当今什么料都不加的豪华，记得也不必煮，泡滚水就行。

医生劝告味精吃得太多对身体有害，也有三姑六婆传说方便面外有一层蜡，吃多了会积一团在肚子里面。完全是胡说八道，方便面是恩物，我吃了几十年，还是好好活着。

到韩国旅行，他们的面用杂粮制出，又硬又韧。人生第一次吃到一大汤碗的冷面，上面还浮着几块冰，侍者用剪刀剪断，才吞得进去。

但这种面也能吃上瘾，尤其是干捞，混了又辣又香又甜的酱料进去，百食不厌，至今还很喜欢，也制成了方便面，常买来吃。至于那种叫“辛”的即食汤面，我就远离，虽然能吃辣，但就不能喝辣汤，一喝喉咙就红肿，拼命咳嗽起来。

当今韩国当为国食的炸酱面，那是山东移民的专长，即叫即拉。走进餐馆，一叫面就会听到“砰砰嘭嘭”的拉面声。什么料也没有，只有一团黑漆漆的酱，加上几片洋葱，吃呀吃呀，变成韩国人最喜欢的东西。一出国，最想吃的就是这碗炸酱面，和香港人怀念云吞面一样。

说起来又记起一段小插曲。我们一群朋友，其中有一个画家，小学时摔断了一只胳臂。他是一个孤儿，爱上另一个华侨的女儿。我们替他去向女友的父亲做媒，那家伙说：“我女儿要嫁的是一个会拉面的人。”我们大怒，说：“你明明知道我们这个朋友是独臂的，还能拉什么面？”说要打人，那个父亲逃之夭夭。

面痴（下）

去到欧洲，才知道意大利人是那么爱吃面的，但不叫面，叫粉。

你是什么人，就吃什么东西。意大利人虽然吃面，但跟我们的完全不同。他们一开始就把面和米煮得半生不熟，就说那是最有“齿感”或“咬头”的，我一点也不赞成。

唯一能接受的是“天使的头发”（Capelli d’angelo），它和云吞面异曲同工。后来，在意大利住久了，也能欣赏他们的粗面，所谓的意粉。

意粉要做得好吃不易，通常照纸上印的说明，再加一二分钟就能完美。意大利有一种地中海虾，头冷冻得变成黑色，肉有点发霉。但别小看这种虾，用几尾来拌意粉，是天下美味。其他的虾不行。用香港虾，即使活生生的，也没那种地中海海水味。谈起来抽象，但试过的人就知道我说些什么了。

也有撒上乌鱼子的意粉，台湾人不知道，以为乌鱼子只有他们和日本人才吃。

撒上芝士粉的意粉，永远不会和芝士融合在一起，芝士是芝士，粉是粉，但有种烹调法，是把像厨师砧板那么大的一块芝士，挖深了，成为一个鼎，把面灑熟后放进去捞拌，才是最好吃的意大利面。

到南斯拉夫[①]，找不到面食。后来住久了，才知道有种鸡丝面，和牙签一般细，也像牙签那么长，很容易煮熟。滚了汤，撒一把放进去，即成。因为没有云吞面吃，就当它是了，汤很少，面多，慰藉乡愁。

去了印度，找小时爱吃的印度炒面，它下很多西红柿酱和酱油去炒，配料只有些椰菜、煮熟了的番薯块、豆卜[②]和一丁点的羊肉，炒得面条完全断掉，是我喜欢的。但没有找到，原来我吃的那种印度炒面，是移民到南洋的印度人发明的。

在台湾生活的那几年，面吃得最多，当年还有福建遗风，炒的福建炒面很地道，用的当然是黄色的油面，下很多料，计有猪肉片、鱿鱼、生蚝和鸡蛋。炒得半熟，下一大碗汤下去，上盖，炆熟为止，实在美味，吃得不亦乐乎。

---

① 南斯拉夫：该国1929年建立于南欧巴尔干半岛，2003年解体。——编者注

② 豆卜：又称油豆腐、豆腐泡。——编者注

本土人做的叫切仔面，所谓切，是漉的意思。切，也可以真切，把猪肺、猪肝、烟熏黑鱼等切片，乱切一通，也叫“黑白切”，撒上姜丝，淋着浓稠的酱油膏当料，非常丰富，是我百吃不厌的。

他们做得最好的当然是“度小月”一派的担仔面。把面漉熟，再一小茶匙一小茶匙地把肉末酱浇上去，至今还保留这个传统。面担一定摆着一缸肉酱，吃时来一粒贡丸或半个卤鸡蛋，面上也加了些芽菜和韭菜，最重要的是酥炸的红葱头，香港人叫干葱的，有此物，才香。

回到香港定居，也吃上海人做的面，不下鸡蛋，也没有碱水，不香，不弹牙。此种面我认为没味道，只是代替米饭来填肚而已，但上海友人绝不赞同，骂我不懂得欣赏，我当然不在乎。

上海面最好吃的是粗炒，浓油赤酱地炒将起来，下了大量的椰菜，肉很少，但我很喜欢吃，至于他们的煨面，煮得软绵绵，我没什么兴趣。

浇头，等于一小碟菜。来一大碗什么味道都没有的汤面，上面淋上菜肴，即成。我也不觉得有什么特别之处。最爱的是葱油拌面，把京葱切段，用油爆焦，就此拌面，什么料都不加，非常好吃。可惜当今到沪菜馆，一叫这种面，问是不是下猪油，对方都摇头。葱油拌面，不用猪油，不如吃发泡胶。也有变通办法，那就是另叫一客红烧蹄髈，捞起猪油，用来拌面。

香港什么面都有，但泰国的干捞面叫“Ba-Mi Hang”，就少见了，我再三提倡这种街边小吃。当今在九龙城也有几家人肯做，用猪油，灼好猪肉碎、猪肝和猪肉丸，撒炸干葱和大蒜蓉，下大量猪油渣，其他还有数不清的配料，面条反而是一小撮而已，也是我的至爱。

想吃面想得发疯时，可以自己做，每天早餐都吃不同的面，家务助理被我训练得都可以回老家开面店。

星期一做云吞面，星期二做客家人的茶油拌面，星期三做牛肉面，星期四炸酱面，星期五做大卤面，星期六做南洋虾面，星期天做蔡家炒面。

蔡家炒面继承福建炒面的传统，用的是油面，先用猪油爆香大蒜，放面条进锅，乱炸一通，看到面太干，就下上汤煨之，再炒，看干了，打两三个鸡蛋，和面混在一块，这时下腊肠片、鱼饼和虾，再炒，等料熟，下浓稠的黑酱油及鱼露吊味，这时可放豆芽和韭菜，再乱炒，上锅盖，焖它一焖，熄火，即成。

做梦也在吃面，饱得再也撑不进肚。中国人说饱，拍拍肚子；日本人说饱，用手放在颈项；西班牙人说饱，是双手指着耳朵示意已经饱得从双耳流出来。

我做的梦，多数是流出面条来。

为了一碗完美的拉面

短短的数十年工夫，日本人把拉面这种最简陋的食物，发展成他们的国宝，并有影响全世界人类饮食习惯的趋势。

我最初接触到拉面，是在东京新宿车站东口的一条小巷子内。当年，客人之中还有穿着和服的流莺，小贩推着车，吹着喇叭，停下后卖将起来。先弄一碗汤，把面滤熟后放进去，上面铺上一些竹笋干、紫菜和中间有红圈圈的鱼饼，下点葱，材料仅此而已。没有叉烧，因为那时候肉还很贵。

先喝一口汤，什么味道都没有。友人说："这简直是酱油水嘛。"

从此，同学之间，不叫它"拉面"，称之为"酱油水面"。虽难吃，但价钱最便宜，要省，就得吃拉面了。

日本是一个追求完美的民族，随着生活水平的提高，对拉面研究又研究，才成为你现在吃的这碗东西。

进步是从配料开始，加了一片叉烧。所谓的叉烧，从来不烧，和广东人做的完全不一样，只不过是拿一块带肥肉的猪肉，用绳子绑起来煮熟，再淋上酱油滚它一滚罢了。

再来是汤，从酱油水发展成把鸡骨、鸡脚、昆布[①]、木鱼丝、红萝卜、高丽菜等材料，熬个数小时而成。这是汤底，不咸的。吃时师傅会问你："要酱油或盐？"

接着把这两种调味品之一放进碗中，再淋汤进去。当然，他们不会忘记下一大匙的味精。

像电影《蒲公英》所描述，吃拉面时一定先喝一口汤，这一口汤，就决定了输赢，整碗东西好不好吃，全靠它。吃面条时要发出"哧哧"的吸食声，才有礼貌。

面条有粗有细，但不会粗到和乌冬或上海面一样，也细不过广东人的银丝面。一般都下碱水，才有弹性。中国香港人去日本开店，说日本政府不准，找不到碱水。其实是存在的，用了一个化学学名罢了。

拉面从东京流行起，传遍日本全国，就起了变化。最明显的是北海道，在汤中加了味噌面豉和牛油。九州岛方面不服输，加大量猪骨熬汤，成了豚骨拉面。

---

① 昆布：又称黑菜、鹅掌菜等，海带目翅藻科植物。——编者注

为了一碗完美的拉面，日本全国的“面痴”到处寻找，书店中有很多杂志介绍每一个县的最佳面铺，电视台也拍得不亦乐乎。一经报道，必排长龙，等个一两小时，不出奇。

一成名，就开连锁店，可惜连锁店的面没有大师傅精心炮制，水平就下降了。

外国人看到有生意可做，也纷纷学习开拉面店。烹调究竟不是什么高科技，失败了再试，总有一天能做出好拉面来。但是我们学的都是外形，从来不由精神入手。

拉面的精神，从人手精简开始，每家店不会多过三四个职员，一天能做多少生意就卖多少碗，再多也做不来。人手一少，客人要等。等，是服从性很强的日本人的本能，而且他们很享受等待这个过程。

在香港生意一好，先扩充铺面，增加人手，要不然怎么应付心急的客人？这一来，大师傅变成一个嘴边无毛的小子，我们的拉面在品质上是永远跟不上人家的。

只要有高水平，钱可照赚。像尖沙咀加连威老道巷子里的土门（DOMON），就依足日本方式经营，人手很少，但能做出一流拉面，价钱并不便宜，利润还是很高的。

北海道的札幌，有一条叫“拉面横丁”的小巷，三十间店挤在里面，每家都只有两三个人打理，为了求变化，加上海胆、鲑鱼子、大螃蟹腿之类，卖得很贵，一百多两百块港币一碗。在仙台附近的气仙沼，更有鱼翅拉面卖。各出奇招，但基本上还是要汤底和面条做得出色。

我认为日本最好的面档有东京筑地鱼市[1]的中川和大阪黑门市场的黑门。前者清汤底，熬了大量材料，后者的猪肉汤底，香浓无比。两家人用的面都很细，细面条到底容易入味。

数十年前，在京都银阁寺旁边有一推车面档，特别的地方在于它的辣椒酱，像桂林的一样，加了很多的大蒜，深夜还有很多客人排队。

东京日比谷公园外，从前也有摊猪骨拉面，汤中滚了一大块肥猪肉，用个铜筲盛住，敲着箕柄时，细小的肥肉料掉进汤中。友人见了怕怕，我骗他们说是骨髓，大家又吃了。在寒冷的夜晚，一人捧一碗蹲在银杏树下吃，不羡仙矣。

至于日本大赞的惠比寿拉面，我吃过，不外如此。

什么才是一碗完美的拉面呢？

像银阁寺和日比谷前的，就完美，因为这些档子已不存在。失去的东西，永远是最完美的。

又在伦敦的WAGAMAMA（意为“任性的”）店里吃过，它是一间两个英国人创办的拉面店，本来不出奇的东西，因为我在欧

---

① 筑地鱼市：筑地原为填海所造的土地，通常填海所造的地方都取这个名字。筑地鱼市是日本一家有名的鱼市。——编者注

洲旅行久了，西餐吃厌了，来这么一碗拉面，也觉得是完美。

每一个人都有一家他认为完美的拉面店，这是他试过一间又一间的结果。不努力，隔壁有一家就整天去吃，绝对不去比较。那么，你吃的不是一碗完美的拉面，充其量，也只能说是一碗完美的饲料而已。

天妇罗

“你在日本住了八年，后来又常去。你认为日本料理之中，最好吃的是什么？”小朋友问。

“天妇罗（tenppura）。”我回答得斩钉截铁。

“什么？”小朋友惊奇，“炸虾罢了，有什么了不起？我们也会炸。”

“最初我也那么认为。”我说，“吃了饭堂中那些面粉下得很多、皮又硬又厚的炸虾，骂都来不及，还说是什么日本三大料理之一呢。”

“其他两样是什么？”

“刺身和司盖阿盖[①]。”

① 司盖阿盖：即寿喜烧，“司盖阿盖”是日文“寿喜烧”（sukiyaki）的音译。——编者注

"刺身吃了上瘾，司盖阿盖的牛肉也不错呀。为什么你选天妇罗？"

"刺身把鱼切片，虽然大师傅的手艺高低不同，但始终不必煮，不能称得上'烹调'两个字。司盖阿盖全靠牛肉，肉质不好的话，吃起来像咬发泡胶。三样东西，天妇罗还是首选。"我说。

"我还是喜欢吃生的。"小朋友不服。

"天妇罗也要用活生生的材料才算数。"我解释，"别以为天妇罗只是炸，要把这个观念改掉。天妇罗的厨艺是把生的东西变为熟的。油的温度要控制得好，所以用的铁锅很厚才能保持一定的温度。面粉点得很少，轻轻地在热油中带一带。吃时在客人面前铺一张纸，大师傅把天妇罗放在纸上，客人用筷子一夹，发现一滴油也不沾，才是真正的天妇罗。"

"哇。"小朋友叫出来，"你吃过这样的天妇罗？"

"一生人之中也只吃过几次。常去的那家店的老头死了，现在他儿子做，纸上有两滴油。"

"天妇罗是一百巴仙的日本料理？"

"不。说法很多，其中之一是江户时代葡萄牙人到了长崎，才把这种煎炸的手艺传给他们。"

"为什么我在日本看到有些店不叫'天妇罗'，而写成'天麸罗'？香港的一家店还叫'天扶罗'呢？"

"相传是天竺来的浪人想做小生意，请一个很有名望的叫山东京传的人取名字。山东京传说：你是天竺浪人，取一个‘天’字，‘麸’是小麦粉的汉字，‘罗’是很薄的意思，就叫‘天麸罗’吧。其他还有很多说法，不必再研究了。”

“那个‘妇’字又怎么来的？”

“日本人用汉字多数是取它的音，‘麸’‘妇’同音，‘扶’也是，随他们怎么用，用惯就是。”

“吃的只是炸虾吗？”

“虾是主要的，大师傅把活虾剥壳炮制，虾头也炸了，给客人送酒。接着吃墨鱼片，一种叫‘小肌’① 的鱼，虾肉酿冬菇等等，还有很多叫‘初物’的蔬菜。所谓初物，就是一年四季之中最先在市场出现的东西。用在怀石料理之中，从前是有身份的人才吃的。”

“虾只吃两尾？”

“先来两尾，叫其他东西之间，再来两尾，吃到最后，又来两尾，通常只吃六尾，也没什么明文规定。不过整顿天妇罗餐完结之前，一定来一大块圆形的东西，叫‘kakiage’②，是把小虾和柱贝等放进面粉里面拌成一团炸成的。大师傅听到你叫这样东西，就知道你已经饱了。”

“用的是什么油呢？”

---

① 小肌：又称小鰶，是窝斑鰶的幼鱼。——编者注

② kakiage：直译为“炸牡蛎”。——编者注

“一般都是用上等的麻油，但是很考究的店铺会用山茶花籽油。猪油是不用的，如果以他们的技术，再用猪油来代替，我想做出来的天妇罗会比现在更香。”

“有没有一定的温度？”

“一百八十度是标准的，一百六十度炸出来的皮软绵绵，二百度的太干，又带焦味，不合格，现在天妇罗店都用电控制在一百八十度，差不到哪里去。毛病出在沾的面粉的厚度，和是不是用游水海鲜。”

“用的是什么面粉呢？”

“各家店都不同，全靠经验，自己做的话可以到你去惯的餐厅，向大师傅讨一点。”

“你能推荐一家吗？”

“叫‘佐川’（SAGAWA），地址是东京中央区新富町1–5–8。就在筑地鱼市附近，老板的名字也叫佐川。一定要叫你的日本友人先打电话去订位，说是我介绍来的，他才接客。但是订了位就要去，忽然有事失约的话，就拖累了我，连我也打入黑名单，以后去不了了。”

“哇。”小朋友咂舌，“那一定很贵！”

“每一个人两万日币，店里每晚做一轮生意罢了，也只可以坐八个人。”

“普通一点的呢？”

“去天一，在东京有很多家分店，找总店才好吃。可以问酒店的服务部，这是间名店，大家都知道，现在地址和电话告诉你，你也不一定记得，佐川不同，问日本老饕也不一定懂。”

“更普通一点的天妇罗呢？”

“那就不叫天妇罗了。”

正统的寿司

日本人吃鱼生，已有长远的历史，但是论及寿司，也不过是这两百年的事。寿司是怎么诞生的呢？

文献中最初出现了“鲒”“鲊”几个字，由中国传去的汉字，是将鱼腌渍的意思。原始形态的寿司叫“驯鮨”，是在水田耕作的农民想出来保存鱼肉的方法，用米饭包着鱼腌制，从数日到一年，发酵后产生酸性抵抗腐烂，还有一阵很强的臭味。这种制法当今在琵琶湖附近还能吃得到，进食时将米饭洗掉，只吃鱼肉，叫为“鲋鮨”（funazushi）[①]。

江户年代，民生渐为富裕，认为吃鱼生的话，愈新鲜愈好，

① “鲋鮨”（funazushi）：又译为“鮨寿司”或“鲫鱼寿司”。——编者注

就形成了当年我们吃的，把醋放进饭中，搽点山葵，铺上一片鱼肉捏出来的寿司了。“寿司”这两个字完全是从发音硬译出的汉字，念为“sushi”，前面那个“su”，是“醋”的发音，后面的“shi”，是用“米饭”（meshi）的后半个音节。

用手捏出来的，日本称之为“握寿司”（nigiri sushi），也叫为“江户前寿司”（EDOMAE sushi），因为江户就是东京的前身，在东京附近的海湾抓到的鱼，即当即握即食。

这种吃法流传至日本全国，甚至日本以外，都叫为“江户前寿司”，是东京人独创，关西人都折服，不敢以“大阪寿司”或“京都寿司”称之。

寿司店和其他餐厅，气氛完全不同。最大分别是大师傅面对着客人服务，回转寿司当然没有问题，光顾惯的香港铺子也能应付，要去一些老店、名店，不懂日语的话，还是感到格格不入，不过只要严守这样几点原则，就能无往不利。

一、先行订位。请酒店的服务部做这件事。寿司的材料因季节变化很大，可能有意想不到的价格出现，打电话订位时可以问好预算，特别是你和老友同往，当面问价钱总是不好意思的。而且，不订的话有时要等很久，有些一流的地方，即使有位，也不做你的生意。

二、有些寿司店会有二至四个人的座位，但吃寿司，面对着大师傅坐在柜台前，才是正统。订座时指定柜台（counter），走进去后，等侍者安排。或者，见有空位，把椅子拉一拉，看大师傅的表情，他说声“请”（dozo），坐下可也。

三、寿司的点单方式有三种：甲、omakase（主厨定制），是大师傅选出当店最好的食材切给你吃，店方主动。乙、okonomi（单点），是客人主动，喜欢吃什么叫什么。丙、okimari（套餐），也就是所谓的course（定食菜）了，通常有“松、竹、梅”三级的选择。甲最贵，乙次之，丙则有个预算。选了其中之一后，记得要声明是“握寿司”还是“刺身”（sashimi），前者有饭，后者无。“刺身”亦可叫作“撮”（tsumami），是“下酒菜”的意思，一喝酒，当然就不吃饭了。

四、酱油的点法也有讲究，有饭团的话，把鱼肉翻过来蘸一蘸，如果是海胆等包着海苔的寿司，则点其底部可也，像白饭鱼[1]之类的，容易掉落，就把酱油淋上。

吃刺身的话，用筷子夹一点点山葵，铺在鱼肉上，再蘸酱油。山葵溶入酱油的吃法，一旦被大师傅看到，便知你是外行，你就会不受尊敬。

五、从哪种鱼或贝类吃起，有没有规定呢？原则上，应从淡

① 白饭鱼：粤语中指银鱼。——编者注

薄吃到香浓，刺身肉颜色分白身和赤身，前者味淡后者味浓。但是，付钱的是你，你最大，若你想要从浓吃到淡，大师傅也是不介意的。

六、有些人吃了几次寿司，学到一些专门用语，像最后喝的茶，叫为“agari”（上），学会后就拼命乱使，反而被人看轻。“agari”只是店方叫的，我们乖乖叫回“ocha”（茶）吧。

七、生姜的吃法，为了消除口中的残味。生姜发音为“shyoga”，但你用寿司店俗语“gari”（寿司姜）叫，也是可以接受的。

八、至于酒，最多喝小罐的两瓶为止。日本人认为如果你想喝酒，那么去荞麦面店好了，寿司铺是吃鱼的，不是喝酒的。

好了，如果你单单说一声“osake”（酒）的话，那么店里一定煲热给你喝。“reshyu”（冷酒）是夏天的恩物，但在寿司店，不是正统的饮料，切记勿叫之。

向大师傅要“nurukan”（温酒）好了，这是不烫又不冷的酒，吃寿司时的最佳温度，只有老饕才懂得，你这样一出声，所有日本人即刻肃然起敬。

九、付账。有些寿司店是不收信用卡的，所以在订座时得问清楚。

既然是“江户前寿司”，在东京吃最为正统，而银座区的消费力最强，有些店，像“久兵卫”，每人得花五六万日币，不值得光顾。推荐一些又高级又合理的，如银座寿司荣本店、银座鮨（kanesaka）、吉野鮨。

鱼市附近的筑地，每一家都有水平，价钱也便宜，学习以上诸法，再到第一流铺子去吧。

咖喱十味

我的好友刘幼林（Bob Liu），最喜欢说的故事是，我到他家中烧菜，一煮就煮出十道不同的咖喱来。

那是数十年前的事了。他当年住在东京原宿，角落头的大厦，楼下是间西装店，我常到他家做客。他首任太太叫贝拉，是位空姐，纯中国人，但样子像混血儿，身材高大，美艳动人。她说她最爱吃咖喱了，我又约了一个日本红歌星女友，乘机大为表演一番。

没下过厨的人，总以为咖喱很难爆制，其实最简单不过，只要失败过两三次，一定做得好。

咖喱有几个基本的步骤，那就是先下油，把切碎的洋葱爆它一爆。其他菜下猪油才香，但是咖喱却忌猪油，用植物油好了，粟米油、橄榄油，甚至椰油都行，就是不能下猪油，牛油也尽量避免，因为咖喱不是以油香取胜的。

洋葱一个或两三个，看咖喱的分量而定，咖喱的甜味，很靠洋葱。香港著名的咖喱店外，常见一大袋一大袋的洋葱，可见用的分量极多。

不可弄得太碎，先把洋葱头尾切去，一切两半，把扁平的一面朝下，再直切或横切都行，不必太薄，指甲的长度分成三片即可。

烧热镬，下油，见油起烟，放洋葱，炒至金黄，香味喷出时就可以加咖喱粉或咖喱酱了。

香港的香料店或杂货店里，一般卖的都是印度咖喱粉。如果用的都是同一样粉，就做不出十种咖喱来。

基本上咖喱的原料只有几种，想要新鲜香甜的风味，用的是小豆蔻、肉桂、丁香和生姜；浓味的可选择姜黄和芫荽籽。我们认为的“印度味”，那是加了孜然而产生的。

把印度咖喱粉加进洋葱中一块儿炒，再下鸡肉拌匀炒香，最后注入清水，煮个半小时，第一道咖喱鸡就能上桌了。

第二道来点小食，以碎肉代替鸡，咖喱粉下得浓一点，炒后用薄馅皮包卷，再炸，就是咖喱春卷。

咖喱牛肉用南洋煮法了。所谓的南洋咖喱，包括了马来西亚和印度尼西亚，主要原料和印度咖喱相同，但是取掉了孜然，不用清水，以椰浆熬之。牛肉不可先煮软切块再放入咖喱中加热，这是香港咖喱餐厅的方法，以求方便，但这么一来咖喱归咖喱，肉归肉，二者不结合，味逊也。牛肉一定要和咖喱汁一块儿炆至软熟才行；用了椰浆，比印度咖喱更为惹味，这是第三道。

第四道咖喱虾，用泰国方式烧出来。泰国咖喱很辛辣，下的是指天椒碎，我把它放在一旁，让愈吃愈嗜辣的人自己加。泰国咖喱为了中和辣味，也多下点糖，用了大量的香茅、高良姜和橙叶，烧出来的味道与印度或南洋咖喱截然不同。

第五道是咖喱鱼头了。最难做，因为刘幼林家里没有巨大的镬。也罢，用沸水淋之，去其腥味，再用咖喱粉放进大汤锅来煮，同时下叫为“淑女手指”的羊角豆，让它把咖喱汁吸进种子之中，咬破了有鱼子酱一般的口感。

本来要炒咖喱蟹的，但觉得太过平凡，想起在印度海边小镇果阿吃过的一道蟹菜，即刻依样画葫芦。那是把螃蟹蒸熟，拆下肉来备用。另边厢，取掉孜然，只用姜黄、肉桂和芫荽籽，再加藏红花染色，蟹肉煮得鲜红，搅成一大团，用匙羹舀来吃，味道马上与几道菜完全不一样，无不赞好。这是第六道菜。

第七道菜分量不能太多，也不可再有肉类，就用高丽菜，广东人叫椰菜的，来煮椰浆，放几片咖喱叶、丹桂树叶和众香子[①]

① 众香子：又称多香果、牙买加胡椒。——编者注

（Callspice）去串味。

这时可以来饭了，用姜黄、孜然芹、小豆蔻和丁香混合的粉煸炒洋葱；另一方面把印度野米洗净，倒入油锅中加盐去炒，再下香料，加水，盖上锅盖，慢煮个十五分钟，最后下几粒葡萄干拌之。咖喱饭是第八道。

第九道菜，用龙虾裹了粉炸成。

“简直是天妇罗嘛。”女友问，“怎能叫成咖喱菜？”

“你先点一点酱。”我说。

“那是黄芥末呀！”

“试过才知。”

那碟像黄芥末的黄色酱料，与芥末完全无关，是用最普通的蛋黄酱（mayonnaise）混了咖喱粉拌成。

“这是第九道咖喱菜。”我宣布。

“最后一道菜是什么？不会做咖喱甜品吧？”刘太太迫不及待地问。

“说得不错，就是咖喱甜品！”

做法简单，但这道菜可花上几小时的工夫，事先把小豆蔻的青豆荚捣碎，加一半牛奶一半忌廉，煮滚，待冷却。打蛋黄进去，搅匀，开火加热，令其变稠。这时可以加腰果碎、茴香粉、月桂粉，再添蜜糖，冷冻两小时，再搅，放入冰格。因时间不够，冻结不太成形，大家原谅，当了咖喱糖水喝。我在一边笑嘻嘻，一点咖喱也咽不下去，光喝酒，大醉，醒来全身咖喱味。

为了一碗牛肉河

天下美食，少不了一碗越南人做的牛肉河粉，他们叫它为“pho”①。

好吃的牛肉河，用汤匙舀了一口汤，喝进口，从此上瘾，一生一世，都想追求此种味道。这个说法，一点也不夸张。

初尝牛肉河，是数十年前去越南旅行，坐在一间露天餐厅，远望长堤上越南少女推着脚踏车经过，身上穿着一件像中国旗袍的衣服，丝质，开高衩，但还配了长裤，也是丝质。全身包裹得像一颗粽子，肌肤一点也不外露。

但是，当微风一吹，布料紧紧贴在她们的身上。这时候，你会以为她们是全裸的，身上每一处线条都看得清清楚楚，诱人至极。

---

① pho：越南语中“河粉”一词的罗马拼音，发音接近于“佛”。——编者注

面前的这一碗牛肉河，灼得刚刚够熟的生牛肉，色泽有如少女唇部之粉红。河粉由纯白米制造，像她们身上的旗袍，如丝似雪。

再将这一口汤喝进口，像一场美妙的爱情，已经达到了高潮。

从此一经过越南店子必即进入试食，叫了一碗牛肉河，看看是否能够重温旧梦。

一次又一次的失望，原因何在？

经过战火，连这种最基本的食物也失传了。各地都有模仿，但次等的味道，令人沮丧。

小学念书，说越南土地最为肥沃。人世间，也只有越南的稻米一年有四次的收成。当今，越南本土，亦要靠外国输入。

一位做木材生意的友人，包了一片树林，以为从此发达，岂知运到的树木把电锯都损坏了，原因是木头之中，充满了战争时代打进去的子弹头。

闲话少说，到底在什么地方才能找到一碗像样的越南牛肉河呢？自己煮行不行？

打开烹调书，教你的办法如下：

材料：牛肉六两，河粉十二两，豆芽二两，红萝卜丝一两，葱粒两粒。

汤料：牛腩、牛骨各一斤，香茅两枚，洋葱两个，香叶两片，胡椒粒一茶匙，水十二杯。

调味料：盐、鱼露各适量。

腌料：鱼露两茶匙，生粉半茶匙，麻油、胡椒粉各少许。

做法：一、将牛骨、牛腩飞水①冲干净，然后放入瓦煲之内，加水十二杯。将香茅、洋葱和胡椒粒放入煲滚，看见汤面有泡沫盛起不要。再慢火煲六小时，隔去汤渣加入调味料即成牛肉上汤。

二、牛肉切薄片，加腌料拌匀，豆芽洗干净后沥干水分。

三、先将银芽放碗底，取适量河粉灼熟放在豆芽上面，将牛肉灼至刚熟放在河粉上面，淋上滚牛肉汤，撒上红萝卜丝和葱粒即成。

完全放屁，一窍不通，看这种菜谱只有害死人，绝对做出一碗连像样都不像样的东西来。

牛肉河有如担担面，各家有各家的做法，从小吃到大，才有经验做出一碗像样的东西。外国人试了几次，就想当大厨，别做梦了！

另外有很多人以为店里做得出，在家里为什么不能重现？这个观念极为错误。小贩食品，是绝对在家里做不出来的，因为三四

① 飞水：粤语指焯水。——编者注

碗东西，汤料一定下得不足。店里热的汤，用一个巨大的桶，几十斤肉，几十斤骨头，甜味方出，而且是天天做，月月做，年年做，累积下来的经验，才能掌握。

算了吧，放弃吧，投降吧！

回到越南，找到数十年前的那家小店，吃了全不是味道，吃遍南越、北越，也没有一碗像样的。

追求越南粉是一个辛苦的过程，唯有在海外寻找。战后的越南人，有钱的移民到法国，在巴黎市中心的几家高级越南餐馆能找到一点，但并不平民化。他们也不是专卖粉的，当然并不十分正宗。在十三区有很多河粉店，吃了也不满意。

穷一点的越南人移民到澳大利亚。找寻完美的越南粉历程，到了终站，是一家叫“勇记”的餐厅，在墨尔本。

老板娘四十余岁，风韵犹存，在店里坐镇。她听我问汤中能否只熬牛骨和牛肉已经哈哈大笑：“牛骨那么腥，怎么喝得进口？”

她只告诉我加了鸡骨，但是我怀疑也有鱼骨，煲到完全烂掉，再也看不见。我跑进厨房，只见大量的牛肉挂着待凉。一大桶一大桶的汤，滚了那么久，还是清澈的，相信我再看一百年也看不出道理。

也不单是吃牛腩那一部分，几乎整只牛都可以吃，餐牌上写着牛筋、牛骨、牛丸、牛鞭等等的配搭，连牛血也不放过。店里卖的牛血，是用滚得最热的汤去撞出来的，牛血一下子变成软软的固体，汤极鲜，血也当然比豆腐好吃得多。

店里从早到晚挤满客人，连澳大利亚总理来也得等位。

尝到数十年前的美味，满足，人亦老矣。

海南鸡饭的研究

正如星洲无星洲炒米一样，海南并没有海南鸡饭。

我去了海南岛，到处找，找不到，又问过一位在海南岛住上五年的长辈，他也不晓得，问海南岛的本地人，他们说：“有呀！”

但给我吃的，不是印象中的海南鸡饭。

那么海南鸡饭到底是谁发明的呢？

追溯起来，应该是归功于新加坡瑞记餐厅的老板莫履瑞这个人。这么说，也许有许多海南人不同意，但这篇文章不过是抛砖引玉，如果有更正确的资料，请告知。

莫履瑞在二十世纪二三十年代从海南岛过番[①]来到新加坡，以卖鸡饭为生，他和一般小贩担了一根扁担不同，是很有力气地两

① 过番：闽粤方言，指闽南人到南洋谋生。——编者注

只手提着两个竹笼：一个装鸡，一个装饭。饭是以饭球形式做的，扭得窝窝实实，圆圆胖胖。

莫履瑞这个做法，也许是看海南岛的亲朋好友做过，所以说海南鸡饭出自海南也没错，只是在海南岛失传了而已。

当今东南亚各地都出现海南鸡饭，国际酒店的咖啡室或房间服务中，海南鸡饭更和云吞汤、印尼炒饭、叻沙[①]等被列入“亚洲特色”的菜牌中。

但是，现在所谓的海南鸡饭，只不过是普通的白斩鸡和白饭，其实完全不是那么一回事，真正的海南鸡，做法繁复。

用大量的大蒜连皮和生姜在油中爆一爆，再将一把葱卷起来，还有马来人叫为“巴兰”的香叶，一齐塞进鸡的肚子之中。鸡外皮抹盐。

煮一大锅水，一滚，加一匙盐，再滚，再加，凭经验看应该有多咸。

把鸡放入汤中，烫个五分钟，捞起，过冷水河。水再滚，再烫。三次或四次，看鸡的大小，不能死守陈规。

最后把鸡挂起来风干。

烫过鸡的水上面有一层鸡油，拿来放进镬中爆香干葱头，再把米放进去炒它一炒，炒过的米放进另一个锅中炊，炊饭的水也

---

① 叻沙：起源于马来西亚的菜品，主要材料包括虾、干葱、辣椒等。——编者注

是用刚才烫鸡的汤，用一半。一半留着，加高丽菜和冬菜，成为配汤。

还有一说，是把生米放进一个漏斗形的铁锅中，下面滚水蒸之，见过莫履瑞做的老朋友们这么流传出来。

炊完的饭肥胖，一颗颗独立，包着一层鸡油，发出光彩，一见此饭，方能称上正宗。偶尔在饭中吃到爆得略焦的干葱粒，更香。

吃时淋上酱油，单单是白饭，不吃鸡肉，已是天下美味，无处觅。

说到酱油，一定要用海南人特制的又浓又黑，带着焦糖味道的。如果看到餐厅供应的酱油是普通的生抽或老抽，那么不用试，也知道一定不好吃。

酱油架上还有少不了的一罐辣椒酱和一罐姜蓉，用吃完的花生酱玻璃瓶盛着，瓶的外表有一个个凹凸的格子，形状有如一个装红酒的木桶。

辣椒酱各家制法均不同，有浓有稀，有些很辣，有些微辣，其中加醋、姜蓉，则不可不用鸡油拌之，没看到鸡油的姜蓉，也不正宗。

用这三种酱料来点鸡肉。鸡一叫就是半只或一只，斩件上桌，碟底铺有黄瓜片，有时觉得黄瓜比肉好吃。

鸡肉什么状况下是最完美的呢？绝对不能全熟。全熟就像吃鞋底，要骨头周围的肉略微显出桃色，鸡的骨髓还是带着血的，才算合格。

鸡不能太肥，也不可太瘦，数十年前的瑞记，已学会质量控制，在马来西亚的昔加末地区有一农场，专养走地鸡，到时到候就运来新加坡劏之。

懂得吃海南鸡饭的人，最享受的是那层皮，当今流行所谓的山芭鸡，都太瘦。鸡皮不肥不好吃，皮和肉之间有一层啫喱状的胶汁，最上乘了。当时不知道什么叫胆固醇，也没有污染，吃鸡的皮，吸骨中的髓，大乐也。

嫌肉吃不够，可多叫一碟鸡杂，里面有鸡心、鸡肝和鸡肾、鸡肠等，蘸着酱油吃，也是极品。

吃鸡，噬出骨头方有滋味，我对目前的去骨鸡饭很不以为然。文华酒店的收入，很大部分靠卖它的鸡饭，也是去骨的，游客不懂得这个道理，现代人又怕吃得太肥，以为文华的鸡饭最出名最好吃，也不必和他们争辩。

目前尚存古味的店铺，还有海南二街Purvis Road（巴米士路）的逸群咖啡室，另外有七层楼餐厅。新加坡其他的，肚子饿时，也许还吃得下吧。

香港海南鸡饭也是流行，但学其样，不学其精神，连酱料也不像样，别说鸡肉和饭了，大剌剌摆出海南鸡饭的名堂，甚不知耻。

至于老店瑞记，老板莫履瑞和友人黄科梅先生，以及跑娱乐版的记者黄哥空及家父蔡文玄交情甚笃。莫先生当年已懂得广告之力量，有科梅先生撰文赞之，又有哥空先生常带一群歌星光顾，再在家父所编杂志《南国》长期登广告，结果生意滔滔，瑞记成为游客非去不可的景点。

可惜据说莫公子骑摩托车遇车祸去世，莫先生无心做下去。瑞记目前空置在密驼路，但至今尚未拆除，路经此地常去凭吊，唏嘘一番。

青菜落

在星马，问女朋友："要吃什么？"

"青菜。"她们回答。

天下女人都一样，不爱做决定。

青菜是什么菜？青菜不是菜，是"随便"的意思，出自何典，听过的，已忘记。但写作态度应该严谨，上网查，也查不到，只有算了，请阅读过这篇文章的朋友指正。

有一种南洋人喜爱的食物，是虾毛[1]酿成，名字很好记，叫"青菜落"，应该是马来语或菲律宾语，用罗马拼音写成"Chinchalor"。这种东西，前葡萄牙殖民地的人都喜欢。

通常装进一个像Heniz（亨氏）西红柿酱的玻璃瓶里，说到这

① 虾毛：粤语词，指极小的虾。——编者注

个瓶，原来的设计被抄袭了又抄袭，实在是经典之作，线条美得不得了。

透过玻璃，我们可以看到里面的粉红色东西。仔细观察，还有小黑点，都是两点并排的，是小虾的眼睛。

“青菜落”就是用成千上万，或者几十万只的小虾制成。为了防腐，下大量的盐，发酵后有咸鱼的味道。

吃就是吃这种霉味了，不然吃一百巴仙的纯盐好了。喜欢的人认为很香，洋人就掩着鼻子逃之夭夭。原始的“青菜落”用回收的玻璃瓶装，土制一个铁盖封住。盖子往往不严，漏出虾浆来，那就可大可小了，小的抹一抹算了，大的整间屋子都充满腥气。

因为它装入瓶中还不停地发酵，最好先冷藏再开盖，或要小心放了气才开，不然也会喷你一身的。

吃“青菜落”有秘诀，那就是要先将几颗红葱头——香港人叫为“干葱”的——切成薄片，然后微微地撒上糖，再挤一粒叫Calamansi（菲律宾柑橘）的绿色酸甜汁上去，中和了咸味，才最好吃。Calamansi是星马和菲律宾的特产，连泰国也不生长，在中国香港很难找，可用普通柠檬代替。

当今交通方便，“青菜落”已卖到印度尼西亚杂货店来，高级超市也出售，用来蒸五花腩片，更是一流。

微小又伟大的食物

油炸的食物，一向非我喜好。提起炸马铃薯条，心中发毛，看到别人在快餐店中狼吞虎咽，即刻转换视线，眼不见为净。

讨厌程度，简直是连碰也不能碰到。一接触炸薯条，手指马上有油腻腻永远洗不去的感觉；吃进口，喉咙即生疮发疱，咳出巨响，打几个喷嚏，伤寒就跟着来到。服药不愈，横卧数周方能罢休。

炸薯条还给我一个贫穷的印象，英国人的fish'n chip（鱼和薯条）吃得津津有味，我总认为这是他们被德国轰炸得没东西吃的时候，才想出来的菜谱。

一面喝啤酒，一面猛吞炸薯片，我看了也觉得很恐怖。天下的酒馔那么多，为什么搞到吃这种简陋的东西？超级市场中一筒筒一包包出售，货物可能是新鲜的，但在我眼中都过了期。

但是很奇怪，同样是油炸的东西，虾片却是例外，百食不厌，大量吞下，一点毛病也没有，我一看到虾片，即刻伸手，从不抗拒。

小时候看妈妈炸虾片，先下一大锅油（当然炸后再用），以筷子试一试油的温度之后，就那么把一片杯口大的干虾片放进去，瞬眼间炸开，膨胀了三倍来，这时手要快，即刻夹起，否则过火燶[①]了，发出苦味，就要整片扔掉，非常可惜。

妈妈把炸好的虾片分给姐姐、哥哥和弟弟，最后才做给我。知道我爱吃有点发焦的，火候控制得极佳，虾片中间粉红，四周的颜色较深，最为美味。

这时的虾片，可真是有声有色。吃进口，奇香无比，爽爽脆脆。嗦嗦声之后，一股香甜的液体流入肠胃，忍不住一片吃完又一片，不能停止。

放学，遇小贩，卖的虾片虽然没那么好吃，但仍掏尽零用钱，照买不误，我对虾片的喜爱，已经达到不可一日无此君的地步。

出国念书，妈妈在我的行李中塞了两盒虾片，是国货公司买的，盒上画着红色的大虾。独居海外，慰藉思乡。我无师自通，第一次下厨已能把虾片炸出微焦来，和妈妈做的一模一样。

到印度尼西亚旅行，最多小贩卖了，他们把炸好的虾片装进

---

① 燶（nóng）：粤语词，相当于焦、煳。——编者注

一个三面是铁，一面玻璃的箱中，背在背上，拉着一条阔带子，用额头顶着，就那么四围贩卖，有时到乡下的田野，也能看到小贩出巡。

箱中除了虾片之外，还有圆形鱼饼，通常是炸得像一颗颗葡萄般大，一口一粒，味道也不错，不过没有虾片那么鲜美。

虾片是印度尼西亚菜中不可缺少的，他们的国食Gado-gado（花生酱拌杂菜），在各种蔬菜上洒上浓厚的酱汁，再铺数片虾片。印尼炒饭（Nasi goreng）已成为国际名菜，大酒店皆有，其中也附带虾片，各国的人尝过，都说虾片比饭好吃。

想知道是怎么一个做法，跑去制造虾片的渔村看，多数是家庭工业，把网到的活虾剥了壳，放进石臼中舂成肉浆，加大量的面粉，就那么用手压扁，日晒而成。也有大量生产的，卷成长条，再切薄片晒干。

当然做原料的虾新不新鲜是最重要的，而且粉加得愈多，味道愈薄。印度尼西亚之外，也有很多地方制造虾片，用的虾极少，又加了化学染料，做出五颜六色的虾片来。

这种虾片经常出现在粤菜中，像炸子鸡等，碟边一定被虾片围着。不管它有多么难吃，我宁愿要虾片不去碰鸡。一片又一片，吃完等于没吃，好不凄凉。

从此，我遇到劣等的虾片，就以“空虚”二字形容。吃了那么一大堆，什么感觉都没有，不是空虚是什么？

一大盒虾片，在市场上买到的，不过是十几二十块，打开包装，里面至少有三四十块晒干的虾片，油炸后发胀，几个大玻璃瓶都装不下。为什么我们一直要容忍那种少虾和大量面粉的东西？为什么我们不可以做得好一点，卖得贵一点？

日本人做生意就要求十全十美，有一家叫“坂角总本铺”的公司，制造了一种叫“tenmari”的虾片，独立包装，一块一片锡纸包着，虾肉用得极多，非常甘甜香脆，而且发明了新技术，炸得又扁又平，是我吃过的虾片之中最好的。一分钱一分货，一盒精美的三十片虾片，要卖三千日元，合港币二百二十块左右①，是送礼用的。我通常买的是礼盒的，一片虾片九十日元。吃个不停，加起来也是个大数目。

日本各大百货公司的食品部都有此货出售，直接订购也行。

相信中国产品一定比日本的廉价，只要不偷工减料，绝对有生意可做。随着生活水平提高，我们不能停留在从前吃次货的阶段。

学习制造高档食品的方法，不如学习精益求精的精神。

---

① 此处应为2004年的汇率，按今天的汇率，3000日元约合160港元。——编者注

第三章

食在八方

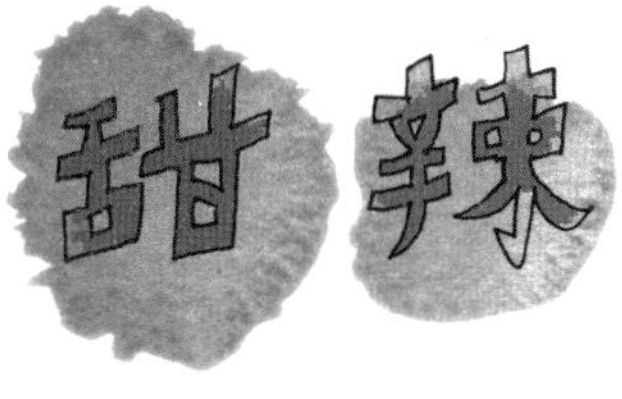

餐牌的封面印着一张发黄的照片，是一对夫妇，文字写着：“只有母亲和祖母知道生活是怎么一回事。”

护国寺小吃

在北京的时间很短，又是去介绍粤菜，只剩下一个早上可以去尝试当地佳肴。

北京吃早餐的地方不多，最典型和最地道的，算护国寺小吃了。吃的都是回族的风味，证明回族是比较勤力的。

护国寺小吃给华天饮食集团收购，一共开了七家，每一间都要加上“华天”这两个字，应该已是半官半私，自负盈亏的经营。

到哪一家好呢？当然是去龙头，在护国寺街，人民剧场附近的那一间去。

卖的有艾窝窝、驴打滚、豌豆黄、象鼻子糕、馓子麻花、麻团、面茶、杂碎汤等等，一共有八十种小吃。

从小看老舍先生的作品，对豆汁的印象极深，第一次到北京就到处去找，结果给我在牛街找到，现在流行怀旧，每间风味小馆都卖豆汁了。

当地人吃了几百年几千年的东西，一定有它的文化，我一向是当地小吃都要尝一下，这是对这个地方的一种尊敬。

豆汁是榨了豆浆之后的渣，再发酵后加水煮出来的东西，当然带酸，也很馊，吃不惯的人一闻就倒胃。我照喝，喝出个味道，还来得个喜欢，喝豆汁时一定要配焦圈和咸菜。

什么叫焦圈？它和麻花、开口笑等等，都是用淀粉炸出来的。从前生活困苦，有点油已是美味。从小吃的话，经济转好也会记得，长大了就一直要吃下去，看你是不是土生土长的。外来的人吃不惯，就觉得不好吃。

肉类很少，我叫了一碗羊杂碎，算有点内脏吃，汤极膻，愈膻愈好，不喜欢羊肉的朋友最好回避。又要了一碗羊肉面，只有几片薄得像纸的肉，但也觉得很满意了。

热　冬

这次去北京，主要为中央电视第一台录一个农历新年节目，从初一到初七，每天播一集。

内容谈的又是饮食，其实讲来讲去，都是一些我发表过的意见，但电视台就是要求重复这个话题，并叫我烧六个菜助兴。

事前沟通过，我认为既然要示范，一定得做些又简单又不会失败的家常菜，太复杂的还是留给真正的餐厅大师傅去表演。

导演詹末小姐，我上次在青岛做“满汉全席”比赛的评委时与她合作过，大家决定第一天烧“大红袍”这道菜，其实和衣服或茶叶无关，只是盐焗蟹，取其形色及吉祥的寓意。把螃蟹洗净放入铁锅，撒大把粗盐，盖上锅盖，焗至全红，香味四喷，即成。

第二道是妈妈教的菜——“蔡家炒饭”。

第三道为“龙井鸡”，用一个深底锅，下面铺甘蔗，鸡全只，抹油盐放入，上面撒龙井，上盖，四十分钟后，鸡身碧绿。

第四道“煲江瑶柱和萝卜”，加一小块瘦肉，煲个四十分钟，江瑶柱甜，萝卜也甜，没有失败的道理。

第五道为“姜丝煎蛋”，让坐月子的太太吃，充满爱心。

第六道编导要求与文学作品有关，“红楼宴”和“水浒餐”已先后出笼，故选了金庸先生《射雕英雄传》的“二十四桥明月夜”，是黄蓉骗洪七公武功时做的菜，要把豆腐酿在火腿里面。这道菜镛记的甘老板和我一起研究后做过，其实也不难，把火腿锯开，挖几个洞，填入豆腐后蒸个四五小时罢了。

一切准备好，开拍的那天还到北京的水产批发市场去买肥大的膏蟹及其他材料，然后进摄影场。

化妆间内遇两位主持，一男一女。女的叫孙小梅，多才多艺，拉的一手好小提琴，前一些时候还看到她用英语唱京剧，人也长得很漂亮。

男的叫大山，是个洋人，原来这位老兄还是个大腕儿，常在电视中表演相声，遇到的人都要求和他合照和索取签名。身为加拿大人的他，说的一口京片子，比我的普通话还要标准。

大山在节目中说他一年拜一个师傅，去年拜的还是作对联的，今年要拜我做烧菜的师傅。我说OK，不过有个条件，那就是让我拜他做普通话老师。

大家都很专业，录像进行得快，本来预计三天的工作，两天就赶完了。

电视台安排我们住最近的旅馆，有香格里拉和世纪金源大饭店的选择。他们说前者已旧了，不如改为后者吧，是新建的，我没住过，试试也好。

世纪金源大饭店位于海淀区板井路上，是个地产商开发的，附近都是他盖的公寓。酒店本身也像一座座的住宅，又是和我上次住的王府井君悦一样，为弯弯的半月建筑。房间和服务尽量想做到五星级的，但是脱不了一阵老土味，不像香格里拉的国际性。

补其不足的是地库有个所谓的不夜城，里面有很大的超市、夜总会、桑拿、足底按摩、迪厅和各类商店，最主要的是有很多很多的特色餐厅，二十四小时营业。

我们抵达那天就第一时间去一家北京小店吃东西，看见一锅锅的骨头，肉不多，用香料煮得热辣辣上桌。菜名叫“羊蝎子”，与蝎子无关，骨头翘起，像只蝎子的尾巴，故名之。

这锅羊肉实在吃得痛快，不够喉[1]，还要了白煮羊头、羊杂汤和炒羊肉等等。来到北京不吃羊，怎说得过去。

当天晚上又去吃羊，在海淀区还有家出名的涮羊肉店叫“鼎

① 够喉：粤语意为过瘾。——编者注

鼎香”的，那里有像满福楼一样的生切羊腿，不经过雪藏，由内蒙古直接运到，肉质柔软无比，羊膻味恰好，连吃好几碟。又来甲羊圈[①]，全肥的。最后试小羊肉，味道不够，但肉质更软细，吃得大乐。

第三天再跑去不夜城，选家湖北菜馆，本来想叫些别的，但菜单上的羊肉有种种不同的做法，忍不住又叫了一桌子羊。

节目录完，监制陈晓卿请我们到一家叫“西贝”的内蒙古餐馆。地方很大，每间房都有自己的小厨房，称为什么什么家，我们去的那间，就叫“蔡家”。

蒙古人当然吃羊啦，羊鞍子是一条条的羊排骨，用手撕开来啃肉，味道奇佳。我看菜单上有烤小羊，要了一碟，陈晓卿脸上有点“你吃不完”的表情，但一碟子的羊那么多人吃，怎会吃不完?

一上桌才知道是一整只的小羊，烤得很香脆，照吃不误。接下来的，也都是羊肉。

来北京之前听说这个冬天极冷，零下十五度。从机场走出，天回暖，是四五度吧？因为衣服穿得多，出了整身汗，酒店房间的热气十足，关掉空调还是热，只有请服务员来打开窗子才睡得着觉。电视摄影棚灯光打得多，又热了起来，餐厅更热，全身发滚。

---

① 羊圈：此处指一种将羊脂肪切成圈状的食材。——编者注

没有理由那么热吧？后来发现是因为羊肉吃得多，热量从体内发出来了。在北京的这个冬天所流的汗，比在其他地方的夏天流的更多。

二锅头和燕京

这次在北京，喝的是二锅头和燕京啤酒。

再也没有比二锅头更受欢迎的了，都在北京装造嘛，北京人当然喝北京酒了。

他们称这种酒为白酒，和洋人的白葡萄酒完全不同，要多强烈有多强烈，喝到呛喉为止，才算过瘾。

起初我也喝不惯白酒，认为质量控制得不佳，时好时坏，喝完了全身酒味，三天不除。后来小馆子去多了，在北方也没花雕出售，就有什么喝什么，二锅头像开水一般喝。

当今喝酒的朋友愈来愈少，来一瓶大的一个人喝不完。北京的二锅头就有这一点好处，买一瓶小得不能再小的，倒到杯子里，只有三分之二杯左右，喝完算数。喝得不够，再来一瓶小酌。喝得畅快，才换大樽。

只是北京天气干燥，只喝烈酒也不行，羊肉又吃得多，身体发滚，来一瓶“番鬼佬凉茶”[①]才能解热。

在什么地方喝什么地方的啤酒，广东喝珠江，山东喝青岛。来了北京，就要喝他们的燕京啤酒了。

当今也出什么生啤、干啤了，最好的还有所谓“燕京王”，还有掺了菊花的菊花啤。

可是啤酒总是喝了肚皮发胀，频频上洗手间，东方人和西方人都认为不是办法。

荷兰人喝喜力时，会搭配一种叫作“Genever”（荷式金酒）的酒喝。

喝法是用中指和无名指夹小烈酒杯，再用食指和中指夹大啤酒杯，将小杯里的酒慢慢注入大杯之中，再倒进口。

这种喝法不是人人都会，初学的人溅得一身是酒，年轻的荷兰人听也没听过，我也是在浴室练习数十遍才得到此种功夫。

在北京小店，要了二锅头和燕京啤酒依法炮制，见者啧啧称奇。

① “番鬼佬凉茶”：广东人对啤酒的谑称。——编者注

食在重庆

这次在重庆四天，认识了当地电视台节目制作人唐沙波，是位老饕，带我们到各地去吃，真多谢他。这群人是专家，每天要介绍多家餐厅，由他们选出最好的介绍给观众，所制作的节目是《食在中国》，我这篇东西就叫“食在重庆”吧。

到了重庆不吃火锅怎么行？这简直是重庆人生活的一部分，像韩国人吃泡菜，没有了就活不下去。火锅，我们不是天天吃，分不出汤底的好坏，下的食物都大同小异，但重庆人不那么认为，总觉得自己常光顾的小店最好。我们去了集团式经营的小天鹅，位于江边的洪崖洞，当地人称为“吊脚楼”的建筑，一共十三层，从顶楼走下去，相当独特。

主人何永智女士亲自来迎，她在全国已有三百多家加盟店。

尽管当地人说别的更好，但我总相信“烂船也有三斤钉”。成功，是有一定道理的。

坐下后，众人纷纷到调料架上添自己喜欢的调料。像腐乳、芫荽、韭菜泥、葱等等。我也照办，回桌后，何女士说：“那是给游客添的，我们重庆人吃火锅，点的只是麻油和蒜蓉。”

把拿来的那碗酱倒掉，依照她的方法去吃，果然和锅中的麻辣汤配搭得恰好。其实麻辣火锅谈不上什么厨艺，把食材放进去烫熟罢了，但学会了何女士教的食法，今后，吃麻辣火锅时依样画葫芦，也能扮一个火锅专家呀。这一课，上得很有意义。

一面吃，一面问下一餐有什么地方可去，已成为我的习惯。早餐，大家吃的是“小面”。一听到面，对路了。

下榻的酒店对面就有一家，吃了不觉得有什么特别。去到友人介绍的花市，门口挂着“重庆小面五十强”的横额，一大早，已挤满客人。

所谓小面，有干的和汤的，我叫了前者，基本上是用该店特制的酱料，放在碗底。另一边一大锅滚水，下面条和空心菜灑熟后拌面时吃，味道不错。

另外卖的是豌豆和肉碎酱的面，没有任何料都不加的小面那么好吃。当然，两种面都是辣的。

朝天门是一个服装批发中心，人流量特别大，小吃也多。看到一张桌子，上面摆了卤水蛋、咸蛋、榨菜、肉碎等等，至少有十六盘，客人买了粥、粉条或馒头，就坐下来，菜任吃，不知道怎么算钱的。

行人天桥上有很多档口，卖的是“滑肉”，名字有个“肉”字，其实肉少得可怜，用黑漆漆的薯粉包成条状，样子倒有点像海参，煮了大豆芽，就那么上桌。桌上有一大罐辣椒酱，有了辣，重庆人觉得不好吃的东西也好吃起来。

另一摊卖饼，用一个现代化的锅子，下面热，上面有个盖，通了电也热，就那么一压，加辣椒酱而成。制作简单，意大利比萨饼就是那么学回去的吧？最初看不上眼，咬了一口，又脆又香，可不能貌相。这家摊位叫“土家香脆饼”，还卖广告，叫人实地考察，洽谈加盟。每市每县，特准经营两家。在香港的天水围大排档区要是不被取缔的话，倒是可以干的一门生意。

中午，在一家无名的住宅院子里吃了一顿住家饭，最为精彩。像被人请到家里去一样，那碟腰花炒得出色，餐厅里做不出来。因为每天客满，又不能打电话订位，只有一早去，主人给你一张扑克牌，一点就是第一桌，排到五六桌停止。每桌吃的都是一样的，当然又是辣的。这种好地方，介绍了也没用，而且太多人去，水平反而下降，我们能尝到，是口福。

吃了那么多顿辣菜，胃口想清净一点，问《食在中国》的制片主任苏醒，有什么不辣的菜吗？苏醒人长得漂亮，名字也取得好。

“我走进成都的馆子，可以点十五道不辣的菜。”我说。

“重庆的当然也行。”她拍胸口。

翌日下午拍摄节目时，她又向我说：“我已订了一桌，有辣有不辣。”

“不是说好全是不辣的吗？”

她只好点头。晚上，我们去了应该是重庆最高级的餐厅渝风堂。在车上，我向美亚厨具的老总黄先生说：“重庆人除了辣，就是辣。这一餐，如果不出辣菜，我就把头拧下来放在桌子上。”

地方装修得富丽堂皇，主人陈波亲自来迎。上的第一道凉菜，就是辣白菜，我笑了出来。

“不辣，不辣。”重庆人说，“是香。”

我摇摇头。接着的菜，的确有些不辣的，但都不精彩。陈波看了有点担心，结果我说：“别勉强了，你们餐厅有什么感到自豪的，就拿出来吧。”

这下子可好，陈波笑了，辣菜一道道上，农家全鱼、水煮牛肉、辣鱼、辣羊肉、辣粉羔肉等等等等，吃得我十分满意。

临上飞机，还到古董街去吃豆腐脑，他们的食法很怪，要和白饭一块儿吃。两种味道那么清淡的食物怎么配得好？请别担心，有麻辣酱嘛。

到处都可以看到卖羊肉的招牌，不吃怎么行？到一家叫“山城羊肉馆”的老店，想叫一碗羊杂汤，没有！原来又是像火锅一样，把一碟碟的生羊肉、羊肚、羊肠放进去煮，最好吃的，是羊脑。“羊痴”不可错过。

烧鹅先生

今夜又在中环的镛记设宴。

老板甘健成先生和我有深深的交情，常听我一些无理要求。为了答谢参加过我的旅行团的团友，我每次都在甘兄的餐厅举办大食会，菜式非特别不可。

第一次和甘兄研究金庸先生小说中的菜，只听过没吃过。做不做得出？

“试试看，试试看”是甘兄的口头禅。

做出来的结果，令人满意。唯一不足的是“二十四桥明月夜”，书上说是黄蓉把豆腐镶在火腿中给洪七公吃的，简直不可思议。经三番四次地商讨之后，我们决定把整只金华火腿锯开三分之一当盖，用电钻在余下三分之二的肉上挖了二十四个洞，再用雪糕器舀出圆形的豆腐塞入洞里，猛火蒸之八小时，做出来的豆腐当然皆入味。客人只食豆腐，火腿弃之，大呼过瘾也。

这席菜后来也搬到台湾去，为金庸先生的座谈会助兴，试过的人都大赞镛记的厨艺。

之后我又出馊主意，向甘老板说："才子袁枚写的《随园食单》也都只是听闻，要不要办一席？"

"试试看，试试看。"他又说。

当晚给客人留下最深印象的是"熏煨肉"，食谱写的是："用酒将肉煨好，带汁上。木屑略熏之，不可太久，使干湿参半，香嫩异常。"

甘兄依足古法，做了三次，我前来试过三次，才召集好友。"熏煨肉"分十小方块上桌，一桌十人，每人一块，早知一定有人叫"安可"[①]，已做定了另一份，大家又一口吞下，第三次要吃，已经没了。

最后这一回是临时举办的，没有时间试做试吃。要做些什么才好？我给甘兄三天去想。

不到三十分钟，他已写好一张菜单传真过来。一看，菜名抽象得很，像"风云际会迈千禧"、"红雁添香"、"萝卜丝鱼翅"、"徽州鱼咬羊"、"顺德三宝"、"玉环绕翠"、"银丝细蓉"、"佛手蟠桃"、"菱池仙果"和"上林佳果"。

---

① 安可：英语"encore"的音译，原意是观众要求演员加演节目时喊的"返场"，此处指顾客要求某道菜再上一份。——编者注

“我有把握。”甘兄在电话里告诉我，这次，他连“试试看”也不说了。

镛记被外国名杂志誉为全球十大餐厅之一，不是浪得虚名。它的烧鹅出名，由一个街边档发迹，发展到拥有整座大厦，都是靠一只烧得出色的鹅。但今晚的菜没有烧鹅，所谓“红雁添香”，是用“熏煨肉”的手法，把整只鹅卤后来熏的。上桌之前先传来一阵香味，一下子被大家吞下。我巡视各处时，发现年轻人的那桌只吃肉，剩下鹅颈和鹅头，即刻向他们要了，拿到自己的座位上慢慢享受。

先将鹅头下巴拆了，吃肥大的鹅舌，味道和口感绝对不逊老天禄的鸭舌。双手轻轻地掰开鹅头，露出大如樱桃的鹅脑，吸噬之。

听说从前皇帝把鹅脑做成豆腐，以为是传说而已。镛记就有这种能耐，一天卖数百只烧鹅，取其脑制成，让我们这群老饕享受。可惜今晚人多，不能尝此美味。鹅颈的条状肉是纤维组织最嫩的。法国人也会吃，他们把颈骨头拆出，塞入鹅肝酱，再煎之，聪明绝顶。我想当今的法国年轻人也不会吃。

“顺德三宝”是哪三宝？上桌一看，第一宝，平平无奇的炒蛋罢了。但一股异常的香味何来？出自礼云子。

礼云子是由一只铜板般大的蟛蜞中取出的蟹膏。此蟹江浙人称之蟛蜞，卤咸来送粥。蟹已很小，膏更小，集那么多来炒蛋，奢侈之极。

另一宝是“野鸡卷”，是用糖泡肥猪肉三日，卷好炸成，吃时又肥又多汁。第三宝“金钱鸡”也和鸡肉无关，取其肝，夹了一片猪油，另加一片叉烧烤成。

“鱼咬羊”是把羊腩塞入鱼肚中炮制的。鱼加羊，成一个“鲜”字，当然鲜甜。用的是整条的桂鱼，我认为用鲤鱼效果更佳，甘兄称原意如此，只是前三天买不到活鲤鱼，因为要用清水喂这么一段时间才无泥味。

“萝卜丝鱼翅”是上次吃过的《随园食单》中取过来的，一斤半肉煨一斤上汤，将萝卜切成细丝掺入鱼翅中煨之。我向甘兄建议下次做，只用萝卜丝不用翅，我们这班人翅吃得多，不稀奇。全是萝卜丝当翅，更见功力。

“试试看，试试看。”甘兄又说。

最后的咸点还有“银丝细蓉”。所谓细蓉，是广东人的银丝蛋面加云吞，昔时在街边档吃时用的碗很小，面也是一小撮，碗底还用调羹垫底，让面条略略浮在汤上，才算合格。云吞则是以剁成小粒的猪肉包的，肥四瘦六，加点鲜虾，包成金鱼状，拖了长尾巴。云吞要即包即灑，如果先煮好再浸滚汤的话，那鱼尾一定烂掉，今晚上桌的细蓉云吞完整，面条爽脆。我指出在街边一碗碗做，也许完美，我们十三桌人，共一百三十碗，碗碗都那么好吃，才叫细蓉。甘兄听了拥抱我一下。

“怎么没有腐乳？”客人问。

“饶了他吧！”我指着甘先生说。

镛记的腐乳是一位老师傅专门做给甘兄的父亲吃的，又香又滑，最重要的是不太咸，因为老人家不可吃太多盐分。上次聚会，我忽然想起，说要吃他们家腐乳，甘兄勉为其难把所有的都拿了来，吃得大家呼声不绝，但害老人家几星期没腐乳送粥，真是过意不去。

盒饭颂

香港人最能应变，从前经济好，大家中午吃鱼翅捞饭，当今的白领，已带盒饭上班。

盒饭应该是日本人搞出来的玩意儿，他们叫作“辩当”。“辩”字难写，改用“弁”。“当”字则以简写“当”代之，成为“弁当”。

“弁当”在台湾甚流行，称为“便当”，方便嘛，合理。当年在台湾拍戏，最喜欢吃的是排骨便当，白饭盒中，上面铺了一片厚厚的炸肉排，但好吃的并不在这块肉，而是附带的咸酸菜，用红辣椒和豆豉爆香，有时加几尾小鱼干，非常惹味，单单是这种配料，已能把整盒饭吞下。

香港人的盒饭则以叉烧和白切鸡为主，白饭上铺着一片叉烧，斩成几件；白切鸡也同样斩件炮制，淋上些卤汁，就那么解决一顿。盒饭的好坏当然也有天渊之别，叉烧和鸡肉太老或太瘦的例子居多，干瘪瘪的，难于下咽。但也有好吃的，叉烧是半肥瘦，柔软之极，加上白切鸡的作料油浸葱姜蓉，真是百食不厌。

但是我们从来不讲究容器，既然是盒饭，那么“盒”与“饭”，都是最重要的因素，我们都忽略了。台湾从前用个圆形的铁盒子，吃完小贩收集起来，洗过之后再用，想起来还蛮有风味。当今又说不卫生，又求方便，香港和台湾都清一色用白色的发泡胶盒子，一看就倒胃。

日本人的弁当盒就精美得多，有些是用漆器制成，也有藤织的，连最普通的也是用洁白的薄木制盒，用完弃之。这种原始的薄木有阵香味，特别引起食欲。

最好吃的日本弁当是“驿弁”，在各个车站停车时，月台有个老人扛着几十个弁当出售。每一个车站卖的都是当地盛产的山珍海味当材料，买一个弁当还奉送一个陶器制成的茶壶，盖子当茶缸，倾着喝，一路看美不胜收的枫叶或樱花，是很高的意境。

当今的日本弁当也都是用塑料盒了，驿弁改用塑料茶壶，后来连茶水也不供应，反正有罐头茶嘛。办公室的附近一定有家人卖弁当。到中午时分，街上就可以看到白领手中都有弁当，拿回写字楼吃，或者在公园找一个角落，猛吞那种冷冰冰又很难吃的东西。

日本弁当虽然不好吃，但总是好看，弁当吃久了就产生一种文化，在颜色方面的配搭，日本人是一流的。他们研究出，如果在盒饭中有红、黄、绿三种颜色，视觉上最能引起食欲。

通常蛋食为黄，蔬菜为绿，而西红柿为红，根据这个系统，把食物的颜色归类，就能引起变化，做出许多不同菜色的弁当来。

某些弁当是专攻小孩子市场的。从前只在白饭上加一粒染了红色的酸梅，像日本旗，称为“日之出”弁当。今日的小孩弁当用紫菜剪了花纹，贴在白色的饭团上，变成一个个的小足球，或者用模具做出一只小熊猫等，是又好玩又能引诱孩子吃饭的商品。

某些弁当是专攻女士市场的，多用蔬菜、鱼肉或鸡胸肉做菜，算好加起来是多少多少卡路里，让女人控制体重；一方面又因材料费价钱卖得便宜一点，得到斤斤计较的女人欢心。

某些弁当是专攻大胃王市场的，材料中拼命加甜加咸，饭的分量能有多少是多少，让大家吃个饱为止，好不好吃已经不是很重要。

我们时常学习日本人的做法，但是从不研究他们的精神，盒饭最重要的盒与饭，为什么不在白饭上下功夫？

日本人的弁当不管菜多难吃，用的米总是新潟原产的koshihikari（越光米），看起来肥肥胖胖，一粒粒发光。当然日本米在外国卖起来贵，但是一盒饭，能贵多少？羊毛出在羊身上，多几个钱顾客是花得起的，所以做盒饭一定得用日本米，或者是台湾的蓬莱米也行。

节省成本的话，至少得用日本米在美国种的锦牌或楼牌炊之。

当今在黑龙江也种了很多日本米，价格便宜。吃不惯日本米黏性的香港人，则可用南昆山的丝苗米或者珠江三角洲的小笼黏米。总之米不佳，就别谈什么盒饭了。

盒子则用薄木盒才清洁卫生，日本产的木盒贵，在中国内地买好了，当今日本人用的也大多数是在中国制造的，若不用木盒，可以壳盒代之。汕头有一家大工厂把米壳磨成粉，加水之后搓成软块，放进铁模压出精美的盒子，价钱便宜又环保，何乐不为?

天天用的饭盒子当然愈精美愈好，我买过一个用竹筒雕出来的，分几格，当成古董也行。也很怀念小时看过的搪瓷饭盒，一层层的彩色花纹的铁盒叠着，用个铁架子串起来。

繁忙的都市人已经没有那种优雅带那么大的饭盒子上班，去日本时在TOKYU hanbs（东急手创馆）买个回来好了，那里卖的大大小小、各种形状的有不下数百种选择，一定有个你喜欢。广东人的母亲或妻子照顾家人的时候总是煲汤，这习惯已逐渐消失，改为做盒饭的时代来到，至少做个像样的，让老公或孩子带去吧。

陆羽茶室的晚宴

陆羽茶室是香港最闻名的茶楼，也可以说在全世界也找不到另外一家了。

茶室分成三屋，每层都布置得高尚清雅，壁上挂满了名家字画；半通的花瓶，插着刚摘下的剑兰。以中式装修，带点西方的影响。这种东方的Art Deco（装饰艺术）多少餐厅都在模仿，但只有陆羽才是独一无二，抄袭不来。

Art Deco运动开始于二十世纪二三十年代，当时的人清闲，富有雅致，虽然有点颓废，但都是懂得生活的一群，我们暂时只能叫作“美好的年代”。虽然已是过往，但现代人如果欣赏这份清雅，也可在这种旧式建筑和装饰风格找到失去的美梦。

茶和点心，是一流的。陆羽至今还是坚持用茶盅沏茶，普洱、铁观音、白牡丹等等高级的茶叶，加上侍者不断地前来加添热水，的确做到广东话中所说的“水滚茶靓”。点心方面，桌上摆着一本小册子，印着各种咸甜小品，客人拿起铅笔，即点即蒸。小册子每一个星期更换一次，随着季节推出新的点心来。

连牙签也套在特制的纸包里，封套上印着地址和电话，等于是陆羽的名片，外国客人纷纷收藏。

茶室该有七八十年历史了吧？来过陆羽的文人墨客不可胜数，也发生过不少的故事。像有个晚上，来了几个雅贼，把壁上的字画偷走了。但东主们所藏多的是，再换了一批，翌日继续营业。像某个茶客，每天坐固定的位置，冷静的杀手走到他的身后，用手臂往他的颈项一箍，令他全身动弹不得，再在他的太阳穴开一枪。这种手法，想象力再丰富的编剧和导演也没有用过。

楼下深处，有个大厅，晚饭供应点心之外的佳馔，反而少人去提。就算吃过，最初不懂得欣赏，吃来吃去不过普通的那几道，平平无奇。

陆羽的菜，难得之处，就是在于这“平平无奇”四个字，但永远地朴实，地地道道、保持水平、真材实料、百年不变，成为经典。

我们一坐下来，先叫一碟炸云腿下酒。这道菜，火腿本来是鸽脯的碟边摆设，但就那么吃火腿，比主角的鸽脯更佳。云南火腿先用蜜糖浸过，点一点粉油炸后切成薄片，粉红的肉配上黄色的边，扮相漂亮，口感细腻，能吃出火腿的香味，不像北方人做的蜜汁火腿，一味是甜。

接着是汤了。南方人先上汤，是为了让人别吃得太饱。北方人先吃菜后来汤，把食物胀起，不是办法。杏汁炖白肺是陆羽的招牌菜。一提杏仁，食客就要问是南杏或北杏，比例如何。大师傅出来解释：南杏十分之九，北杏十分之一，后者不可过多，过多了就苦。猪肺极难处理，洗过再洗，然后炖六个小时，炖到五个小时的时候才把杏仁放进去，炖至食材全部溶化为止。那么浓郁，但又是那么清香的汤，也只有陆羽做得好。

红烧翅或肘子翅一吃就饱，还是珊瑚粒炒翅好，用最贵的食材来炒最便宜的鸡蛋，最后下红蟹膏来点缀，翅炒得不是太干又不太湿，火候的控制是别的餐厅罕见的。

网油[①]腰肝卷锅渣的做法最为普通。所谓的卷，目前都是以豆腐皮代替，但陆羽还是以最原始的猪网油来包猪腰和鸡肝碎，再去油炸，吃起来香味扑鼻，绝非豆腐皮可比。碟边的锅渣，是用牛乳爆制。

榄仁炒猪肚丁采取的是猪肚中最够味、最爽脆的部分，广东人所谓的肚尖。榄仁大粒，比松子更香，当今要找榄仁，已只在月饼中可见。

---

① 网油：又称猪网油，实际是猪的肠系膜，因为有脂肪堆积，形成网状的油脂。——编者注

要吃贵价海鲜的话，可得预订，店里会替你找到方脷[1]等活鱼。每天都有的是斑腩了，陆羽用的都是大石斑，广东人叫为“龙趸”的巨鱼，取肚部和尾部，先油炸，再以苦瓜焗之，味道也不逊清蒸的。

辽参也不一定是北方人做得好，陆羽的用所谓的百花，就是把鲜虾打成胶去酿海参，两种食材配合得极佳。

不怕胆固醇的话，古老的烧金钱鸡最好吃了，可得预订。金钱鸡没有鸡肉，是用一片叉烧来夹一片肥肉。和鸡搭上一点关系的是中间加了一小片鸡肝，整串烧了来吃，不羡仙。

要豪华一点，可叫竹笙燕窝扒鸽蛋。陆羽的燕窝用料十足，绝不含糊。鸽子蛋怎么煮，蛋白还是透明的，已经没有多少厨子见过鸽子蛋了。

来锅鹧鸪粥吧，也是陆羽的招牌菜之一，鹧鸪拆肉之后与骨一块煲粥，煲得稀烂，非常精彩。

接下来的饭面类，京酱捞面在中午也供应，酱中肉多，不像北方的炸酱酱多肉少，又演变成广东味道，味道纤细得很。

炒饭也一向有水平，炒得很干身[2]，不一定在扬州才能吃到好

---

① 方脷：比目鱼的一种，比龙脷鱼更稀有。——编者注

② 干身：粤语词，此处指炒完的饭菜干燥无汁水。——编者注

的，陆羽有时还加了膶肠[①]粒，更是惹味。

甜品的蛋黄莲蓉大桃包不容错过，和别的地方一比，就知道陆羽的不同，为老人家祝寿，更适合点来当寿包吃。

别再追求什么“fusion菜”，也不一定是鲍参肚翅，洗尽铅华，返璞归真时，才去享受这些古法佳肴吧。可惜懂得欣赏的人，年纪渐大，陆羽有鉴于此，在大厦旁边新设电梯，招呼熟客升降三楼，用心良苦。

---

① 膶（rùn）肠：粤语中指肝肠。——编者注

砂糖橘

有一肚子怨气时，最好是游菜市场。

今天一大早，到了春秧街，看到众人买菜，感到一阵阵的温暖，是由热爱生命的群众发出。这是香港最便宜的菜市场之一，所谓菜市，也不是集中在一间大厦，而是摆在道路的两旁的菜档鱼档，顾客人山人海。

最喜欢看人家卖鱼，那么大的一尾剥皮鱼[①]，至少两尺长，也不过卖四十多块。这一带福建人多，最爱海产了，其中还夹着几尾亮晶晶的鱼。咦？那不是来自台湾的虱目鱼[②]吗？此鱼骨多，但非常鲜美，可请小贩劏了，肚子充满肥膏，用豆豉蒸，不逊游水海鲜。

① 剥皮鱼：学名绿鳍马面鲀，又称马面鱼、橡皮鱼。——编者注

② 虱目鱼：又称遮目鱼、海草鱼等。——编者注

看见一条不知名的，问小贩：“那是什么鱼？”

“斑。”对方回答。当今什么鱼，一叫不出，就是斑。

所有鱼类，我最不喜欢的就是石斑，嫌它肉硬，又粗糙，但从前的野生石斑还有点甜味，当今多是饲养的，不如吃发泡胶。

卖螃蟹的档口也不少，各类蟹，来自越南或老挝。看见小贩把一只蟹的壳用利刀削开，露出全身的红膏来。如果肉蟹和膏蟹给我选，我当然要后者，不管是清蒸或做红蟳饭，都比肉蟹美味。

如果嫌贵，可买那壳上有三个斑点的蟹，秋天当造，也是全壳膏，肉结实，味甚美，价钱便宜得令人发笑。

走过水果摊，一盘盘的苹果，红得诱人，才十块钱，而且个个美好，不是卖不出去的。日本人将剩货叠成一个山形，贱价出售，叫为“一山”，如果女儿还嫁不出去，父母亲就会说：“要等到变成‘一山’吗？”

见砂糖橘已上市，又回忆起苏美璐的小女儿，数年前她们来澳门开画展，我不停地买甜若砂糖的橘子给她吃。一年复一年，我每次见到砂糖橘，就想起她。苏美璐在电邮中说，女儿已长得亭亭玉立了。

澳门餐

我们到澳门去拍电视饮食节目，一共两集，监制Markar（马卡尔）问我："那么多菜，要怎么分法？"

"澳门有了外资赌场后，变化极大。不如这样吧，第一集拍所有豪华奢侈的，第二集回归平淡，是从前的澳门留给我的印象。"

监制没有意见，随我胡来，但为我安排好一切。这个节目少了她，就不会拍得那么顺利。

老友周忠师傅给米高梅请去，在新酒店中创办了金殿堂餐厅，我们非得去捧场不可。他为我们准备了五个菜，埋单盛惠一万三千。

"万寿果"是周忠独创名菜，出现在三十多年前的凯悦酒店中餐厅，万寿果就是木瓜，构想出自冬瓜盅，他将之改为夏威夷木瓜，里面炖的材料和冬瓜盅一样，不过已变成一人一份。最初花的工夫多，但卖不起价钱，我建议加上海胆，他照做，结果大受外国客人欢迎，因为他们都不惯和别人分来吃。从此香港卷起一阵热潮，中餐也可以像西餐那么一人份一人份地上了。我并不赞同这种吃法，但外国友人喜欢，我也没话说。

当今这道菜，名字是“云丹海虎翅万寿果”，加入粗大的翅、海胆、松茸等，都是贵货。

“吊烧鹅肝金钱鸡”依古法炮制，本来的金钱鸡是一片鸡肝、一片叉烧夹着一片肥猪肉，豪华版不用肥猪肉了，有钱人都怕胖嘛，就改成一片法国鹅肝和一片鲍鱼菇，叉烧则照旧。

“黑松露油泡龙脷[①]球”的主角当然是龙脷，剔掉鱼肉，将鱼骨整片炸脆来伴碟，龙脷和黑松露一起炒完上碟，其实骨头比肉更好吃。

“乌鱼子露笋炒龙虾球”的龙虾也是全只上，但只剩下壳当装饰，肉则和台湾的乌鱼子夹着吃。

“葱爆鸡枞菌和牛”顾名思义，是用日本牛肉来炒四川的鸡枞菌。

最后的“官燕珊瑚柴把菇”，主角是中间的那团燕窝，上面加点鱼子酱。珍贵的反而是配角“柴把菇”，将蔬菜削成长条，再用瓢丝捆绑，像捆着木柴一样，这是古菜之一，今天已没人那么有空去做了。

---

① 龙脷：比目鱼的一种，和前文提到的方脷鱼相比产量更大。——编者注

接着拍摄的喂了三十六个月橡木果的黑蜗牛、鱼子酱、香槟等，还有意大利白松露宴。早餐是在我们的套房厅中吃，把整套龙虾火腿都搬了出来，还有鲍鱼，豪华之极。最后当然没有忘记澳门最早的高级法国餐厅Robuchon（罗比雄），它仍旧保持那么高的水平。

来澳门拍摄，不去大三巴[①]好像说不过去，但我向监制Markar说："这太过单调了，不如请澳门小姐一齐参加。"

女主持苏玉华、Amanda S（阿曼达·S）和黄宇诗都赞成。

"人多了才好玩。"她们说。

主办了那么多届，今年的才算正式，冠军吕蓉茵、季军伍家怡和友谊小姐陈小玉都来了。

吕蓉茵一直有加入旅游业的志向，她为人亲切和蔼，是干这一行的料。季军伍家怡在竞选时排七号，和名字最巧合了："伍"字和"五"发音一样，中间的"家"字和"加"相同，最后的"怡"字，广东话念成"二"。五加二，刚好是七。友谊小姐陈小玉是舞蹈演员出身，跳得一手非常好的中国古典舞。

"想带我们去哪一家餐厅吃东西？"她们问。

我说："有没有去过澳门退休人士协会，吃土生澳门菜？"

大家都摇头。

---

① 大三巴：即大三巴牌坊，又称圣保禄大教堂遗址。——编者注

一般人以为澳门菜就是葡萄牙菜，其实大有分别。澳门菜是吸收了葡萄牙菜的做法，加上中国人的口味变化出来。像葡萄牙最著名的烤乳猪，澳门的不只是烧烤那么简单，是在乳猪下面加了饭，饭是用乳猪肉碎和蔬菜加白饭炒个半熟，再把乳猪放在上面焗出来。乳猪滴下来的油混入饭中，那种美妙的滋味是其他饭难找的，在烹调技巧上，不逊西班牙海鲜饭（Paella）。

乳猪饭上桌，大家吃得津津有味，三位香港的女主持没吃过，澳门小姐更说这是她们试过的最好一餐。再下来的是咸鱼、猪肉和虾酱一块炆出来的澳门菜，不必亲自试，单单听食材的配合，已知非常惹味。

大白烚就受葡萄牙菜影响极深，用猪皮、肉肠、血肠和大量椰菜煮出来。不同的是澳门做法没那么咸，菜汁可当汤喝，如果嫌肉类和蔬菜太淡，可以就点虾酱吃。

澳门人的虾酱是经过发酵的，源自非洲的葡萄牙殖民地，在南非开普敦有个马来村，也许是马来人把这种吃法带到马六甲，娘惹菜中也有虾酱咸鱼猪肉这道菜。

我们还吃了马介休球、烩牛面珠登、烩鸡饭、肉批、角仔、山椒牛肉、烧肠、咖喱毛茄虾和石凿，甜品有香橙蛋糕、无花果大菜糕和经典的米糠布甸。

地道的澳门食肆，还有兆记的粥，是用木柴慢火煮出来的，六记的锦卤云吞，祥记的虾子捞面，杏香园的椰汁雪糕红豆西米凉粉甜品、细龟的炒河、李康记的豆花、六棉的酿青椒等等，这次也没忘记我最爱去的营地街街市熟食档中的各种美味，我和档主们都成了好友，像回到家里吃饭。

澳门一面已经相当繁华，另一面还是那么老派，那么有人情味，虽说物价已经高涨，但我们去的地方最多贵个一两块钱。游客们赌完回去，澳门平民的日子，还是照样要过下去。这句话听起来甚无奈，但澳门老百姓自得其乐，还是值得欢慰的。

鼎泰丰

台北的鼎泰丰，旅行惯的人都去过，不必我再做介绍，这次主要的是看它的中央厨房。

老板杨纪华在门口相迎，介绍了厨长吕若望。

地方并不是很大，目前的生产只供应本店，今后则一天的生产量可以达到一万五千个蒸饺、八千个烧卖和三千个大包，处理七百至八百公斤的原料，可满足七八间分店。

之前先换上白袍，戴口罩，穿长胶靴，就要进入消毒室风吹、洗手、浸靴，再到厨房。

一群人在包小笼包和饺子，其中有十几个香港派去的师傅在学习，和我亲切地打了招呼。

“放松点，不要用力。”杨老板看了指导。

香港来的小姑娘还是那么紧张，一个水饺要折十八个褶才是标准，手忙脚乱。我看得技痒，拿了一块皮自己包，别说能折多少褶了，弄得一塌糊涂，满手肉馅。

再走到另一张桌子，七八个师傅围着，其中一名将包了肉馅的面团放在电子秤上，不多不少，标准重量二十一克。

“训练到这个程度，需要多久？”我问。

“包饺子三个月，”吕厨长说，“包小笼包三个月。店里全部产品的制作都学会的话，两年吧。”

香港师傅之前来过北京的师傅，北京师傅之前来过日本师傅，都要在这里长时间训练了才可以去开分店。

“就算蒸笼，也要讲究。”吕厨长说，“竹头太干了会爆裂，太湿了会发霉。”

在香港制造的蒸笼，拿样板给他们看了四次，才算合格。

与我同行的香港记者问了杨老板很多店里成功的因素，他简单回答：“一次做得好很容易，几十年来都做得同样好就比较难一点。”

问来问去，还是没有问到招呼客人的系统。我指出：“这一套学问我去了那么多间餐厅还没看过，简直可以开班教课，大家到店里看看就知道。”

在台北信义路二段、永康街口的本店外，永远排着长龙，已是这都市的一个现象。

一般客人用餐时间平均为四十分钟，怎么充分去利用来做多几转？

先把菜单拿到排队客人的手中，给他们仔细研究，再下单，单子一下即刻由戴着无线电麦克风的侍女们传到柜台，打入电脑。连座位也排好，从点菜、出菜到结账，把资料输入，一次成功。据杨老板说："平均错误率不到一个巴仙。"

一坐下来，就看到墙上挂着给员工的指示："一般服务该做到，客人一叫就要到，客人挥手要看到，客人一动就知道，时时注意勤做到，完美境界可达到。"

"客人一动就知道"的"知道"，言下之意，是知道要埋单。

说得容易，做得到吗？至少在香港就没看过，但在台北鼎泰丰，的确是做到了。

"你是不是给他们很多钱？"客人问杨老板。

他笑着不回答。客人一多，过钟费当然是给足了，同时还加上对员工的关怀吧？

香港的记者们看得感叹，向我说："你有没有看到侍应们每一个都从心里笑着？"

无处不在的主管娟娟也有关系，她是一名猛将，一切看得清清楚楚，指导无微不至，这种人才放在餐厅里是"总控"，命运安排在政坛的话，一定是部长级人物了。

麦当劳生意也兴隆，但东西好吃吗？我不知道，鼎泰丰的小笼包的确不错，价钱台湾人都说贵，但每笼才二十几块港币，我们不觉得。

“日本的三家分店卖多少？”我问。

“台湾的一点五倍。”杨老板说。

从前去吃，只叫了小笼包、虾仁烧卖和原盅土鸡汤，这次试尽了店里的菜，共有：蟹粉小笼、菜肉蒸饺、豆沙小包、虾仁蒸饺、糯肉烧卖、鲜肉粽子、豆沙粽子、咸甜大包、千层油糕、赤豆松糕、原盅牛肉汤、红烧牛肉汤、酸辣汤、油豆腐细粉、虾仁馄饨、菜肉馄饨、酸菜肉丝面、排骨面、虾仁面、肉丝蛋炒饭、排骨蛋炒饭和炸排骨，因为不是星期六和星期天，所以只试不到小笼汤包。

小笼汤包是全店的宝贝，一粒粒樱桃般大，里面还充满汁，最不容易做了。

“师傅至少要学上三年。”杨老板解释。

怪不得只在那两天才有得卖，还只限从早上九点到十点那一小时之内供应呢。

到台北，不去鼎泰丰等于没去过，尤其是早餐。公干时午餐、晚餐时间排满了，一提到早餐，所有的台北朋友或做生意的伙伴都一定建议去那里。

友人阿帕德·李带了小女儿去台北三天，一面谈公事一面度假。订了三个早餐饭局，每天都是同个地方。

小女儿抱怨：“爸爸，我下次来，一定不去鼎泰丰了。”

一品宴

台南还以卖虱目鱼出名，这种鱼是台湾独有的，异常肥美。翌日早餐到“阿憨咸粥”，“憨”闽南话念成“gon”，有傻乎乎的意思。

最好吃的是招牌鱼肚粥，全是肥油，另外可叫鱼头汤和干煮的鱼肠、鱼肝和鱼皮。汤由鱼骨熬出，不用味精。

往北走，两小时后抵达台中，就是我此行的目的地，要试金典酒店里面的“台湾一品宴”，此宴由该酒店的执行董事兼总经理胡瑜生设计，得奖无数。

胡瑜生的父亲是位食家，从小带她吃遍台湾全省，她长大后发誓要把所有最好的美食集中在一起让大家分享。

一坐下来，先用有九方格的大碟子上各种开胃小菜：东港乌鱼子、樱花虾、宜兰粉肝、鸭掌、潮州双糕润、五味章鱼、城隍庙润饼、客家油焖笋和烤山猪。

接着是虫草花老酒炖鸡、炸虾、基隆天妇罗、府城虾卷、寿丰咸蚬、竹山蜜芋和番薯、阳明山卤桂竹笋和苏澳鲨鱼烟。

香鱿冰糖猪脚、赤崁升官发财、三兰阿给、九份草仔粿、南投梅子西红柿、柴鱼韭菜、淡水阿婆铁蛋、大溪豆干。

福菜菜脯粿羹、万峦猪脚、庙口五味鱿鱼、十八王宫烧酒螺、阳明山剑笋。

椒盐溪哥鱼、澎湖金瓜炒米粉，嘉义鱿魠鱼羹、斗六肉圆、士林大肠蚵仔面线、布袋蚵仔煎。

名烧牛、度小月担仔面、新竹贡丸、布袋鱼翅丸、台南虱目鱼丸，最后有三菇六耳金钱肚和少不了的台湾牛肉面等等数十道菜。

配有五种茶：冬瓜茶、文山包种茶、鹿谷乌龙茶、阿里山高山茶和东方美人冰茶。另有五神酒、台湾啤、埔里绍兴、金门高粱、台中梅酒和在《海角七号》出现的马拉桑米酒。

各位有兴趣，我可以带团前往一试。

日本火锅

日本人也吃火锅，这种传统来自中国吧。

用的是一个上盖的陶瓷锅，锅身很厚。铜锅亦用，但只限于牛肉或猪肉的shabu shabu（涮锅）。旧式的茅屋之中，有个四方形凹进地下的框，里面放炭。一条铁链从屋顶挂下，钩着一个铁锅，煮将起来，也是另一种吃火锅的方式。

至于汤底，通常是熬海带和木鱼，单调得很。有些人还下大量的味精，是因为用料少，汤不够甜。这还能接受，有时他们会加糖，就难忍了。

代表性的火锅，是“寄锅”（yoseinabe）。将几块银鳕鱼、一点长蒜生片、大量的豆腐和白菜放进锅中煮熟罢了。

食材不是待汤滚后放进去灼的，其实寄锅非常难吃，俭省的家庭或留学生多数吃这种火锅，贪它便宜。

到了秋天，生蚝肥美，大家就吃“牡蛎锅”（kakinabe）了。蚝和蔬菜一锅上，中间加了一大汤匙的味噌，汤滚后面酱溶化，就能吃了。单靠一味生蚝，吃了几口，即生厌。

养土鸡的名古屋，也有鸡锅。把鸡肉煮熟就是，最多是将鸡剁碎了打成丸子。没有什么吃头，他们却已当宝了。

日本人取名字真有一套，火锅除了豆腐和白菜之外，加的茼蒿，称之为“春菊”。他们的粉丝比我们的粗大，叫为“春雨”。用魔芋做的细粉丝，叫“白泷”；“泷”是瀑布的意思。

在大阪最出名的乌冬店MIMIUO吃乌冬锅，有两尾游水的虾，日本人已大喊“不得了”，哪有像我们叫半斤基围虾下去灼的？

不过他们的火锅豪华起来，可用螃蟹，北海道最多的就是松叶蟹锅了。京都人吃水鱼锅，下清酒熬汤，非常美味。我在伊势时吃过龙虾火锅，也很奢侈。但是最贵的还是河豚锅，称为“techiri”，把河豚鱼的头骨，带着软滑的皮一齐滚，煲出来的汤鲜甜得不得了，最后下碗白饭，打两个鸡蛋去煮粥，肚子再饱，也可连吞三大碗。

在深山之中，最多人吃的是“猪锅”（inoshisuinabe）。日本人把家养的猪叫为“豚”，如果用“猪”字，就是野猪了。把红白萝卜和味噌加进去煮的野猪锅最能御寒。同样配料以熊肉代替野猪肉的我也试过，熊肉相当硬，味道有点怪怪的，不及野猪肉香。下鲑鱼的，则叫为“石狩锅”（ishikarinabe）了。

琵琶湖畔，有许多餐厅卖“鸭锅”（kamonabe）。日本人不会养鸭，用的是野鸭或雁，到了秋天那层皮下脂肪很厚，占整只鸭的三分之一，鸭锅也是用味噌来煮，下大量的长葱，他们相信葱和鸭配合得最佳。

sukiyaki（寿喜烧）的“锄烧”，也算是一种火锅吧。用的是一个小的圆形铁锅，把牛肉中的肥肉切成方块，在锅底抹上一层油，就可以放蔬菜进去，接着加很甜的酱油，然后把牛肉一片片放进去打，半熟时夹出来蘸着生鸡蛋吃。第一次试的人总觉得太甜，建议大家酱油只要下一点点就够，倒很多清酒去冲淡它，会更香。生鸡蛋吃不惯可以倒进锅中煮熟，这种做法女侍者是不赞同的，但付钱的是你，不必去管她。

到了shabu shabu，才有点像我们的涮锅子，把牛肉放进去烫熟了吃。不吃牛肉的人，有黑豚代之，但侍者看到我们把两种肉混在一起吃，也皱眉头。

最独特的日本火锅，是在淡路岛海边吃到的。沙滩上搭了一个铁架，挂着一个双手环抱那么大的大锅子，下面生起火来。这时渔船抵达，把当天抓到的海鲜搬上，有什么就放什么进去，也不洗涮，将未加工的八爪鱼、螃蟹、海虾、鲍鱼、贝类和大量杂鱼全部投入，煮成一大锅。在寒冷的天气下，喝着那碗最鲜甜的熬汤，是毕生难忘的经验。

讲究一点的火锅，是在九州岛的海边吃到的。那里的岩石给海浪冲击数千年，冲出一个个篮球般大的洞来。渔夫们往洞里注入清水，再把鱼虾切片放进去。

没有火，怎么煮?

这时有人把烧红的炭拿来，一块块投入。水一下子就滚了，水珠还会跳动，即可捞海鲜来吃。岩石和炭都很干净，不会吃坏人的。西双版纳也有此种吃法，以竹筒代替岩石洞，以烧红的石春[①]代替炭，文明得多。

说了那么久，你有没有发觉日本火锅和我们的不同之处?那就是海鲜是海鲜，肉是肉，不像我们吃火锅时，将肥牛、猪肝、鱿鱼和鲜虾等等都派上用场。他们的汤底也不如又沙茶又麻辣那么多花样。酱料方面，更远远不及涮羊肉的了。

我们的围炉，是一家人的温暖。

日本餐厅中，最多只见父母带着年幼的儿女，从来没有连阿爷、阿婆三代人一齐去的现象。吃火锅，也失去了意义。

食材上最接近我们的是相扑手吃的chankonabe（相扑锅）了，鱼、虾、蟹出齐，又是牛肉又是猪肉，还有捣碎的肉和鱼，当成鱼饼、肉饼，最后加面、加饭，煮成一大锅。

日本人在中国香港吃火锅，以为我们个个都是相扑手。

---

① 石春：粤语指鹅卵石。——编者注

鳗鱼屋野田岩

日本的每一个县，每一个村，都有一家古老的鳗鱼餐厅，只有这个行业做得最持久，也没有什么新店开来抢生意。

东京地区的鳗鱼店最多，佼佼者有中央区的竹叶亭本店、千代田区的神田川本店和台东区的前川等，但要论最佳，还是港区，东京铁塔附近的野田岩了。

乘地铁的话，可坐日比谷线，在神谷町下车，或坐大江户线到赤羽驿，再走几步就能抵达。

发现整间店像一个江户年代的仓库，掀开门帘走进去，一切古色古香，有如时光倒流，这家人，已有一百八十年的历史。

店主叫金本兼次郎，东京出生，今年八十多岁，是第五代传人。至今还是早上四点起身，就在店里劏鱼。他的技巧和对后代的教导，令他得到“现代的名工”这个头衔，是政府封的，相当于“人间国宝”。

叫了鳗鱼，等个四十分钟之后才能上桌，金本笑着说：“古时候的鳗鱼店，看到客人来到才开始劏，他们喝两三瓶酒，耐心地等，是常事。现在客人不耐烦，骂说：‘要等四十分钟，为什么要等那么久？’我脾气好，只是笑，遇到我老婆，可没那么好脾气，她会回答：‘一个客人四十分钟，你们一共来四个客人，要等一百六十分钟呢！’”

“是要那么久吗？”我问。

“先要把鳗鱼蒸了，再放在炭上烤，待皮和肉之间的脂肪烤到全熟为止，要翻三十六回。一面烤一面淋上酱汁，四次左右。这也不是死规定，要靠眼睛去看，看到颜色漂亮发光，还要靠鼻子去闻，闻到脂肪滴在炭上的香味够格为止。”

我依足古人，喝两瓶酒等待。这里用的瓷瓶套在烫温碗中，有绍兴人的雅致，好歹，鳗鱼上桌了。

先是白烧，叫为“素烧”，也称“志罗烧”（shirayaki）。再来“蒲烧”，那是淋过酱汁的，饭的最上铺了一层肥美的鳗鱼，挖深一点，另一层藏在饭中。

吃进口，满嘴香味，肥腻得不得了，肉质细腻之中带点嚼劲，不像其他店里的那么软绵绵。

“是不是不同？”金本说，“我们用的是野生鳗鱼，当今日本全国的鳗鱼，有九十九巴仙是养殖的。”

“那么难找吗？用的是哪里的？”

“来自茨城县的霞之浦，每个星期跑遍十间批发商，一家四十公斤，少的时候，只能找到两三公斤，那种感觉，只有用‘孤寂’两个字来形容。”

“有没有休渔期的？”

“有，一月到三月，没得供应，我们也只好用养殖的了。”

看到筷子套上写着：“天然鳗鱼只在四月到十二月才有，有时鳗鱼肠中会藏着铁钩，食时请小心。”

“日本人把立秋前十八天叫为‘土用丑日’，说那天最热，是吃鳗鱼最好的时候。那么热的天气，吃那么肥腻的东西，还说对身体好，有什么道理？”

“我也不知道，反正古人那么说，就那么听了。对宣传，是好事。”他笑着回答。

第一次看到“野田岩”（NODAIWA），是日本名人白洲次郎传记中的记载。吾生已晚，没机会见这位一早留学欧美的公子哥儿，只由他的儿子——东和公司的老板带去，印象极佳。

“白洲先生还带了很多日本政要和外国贵宾来呢。”金本回忆，“我还以为洋人不懂得欣赏鳗鱼。”

“你最后在巴黎也开了一家嘛。”我说。

“嗯，我喜欢法国，一年总要去一次，又爱他们的红酒，我现在店里存了很多。后来和家里人说要在巴黎开，他们都以为我疯了！”

“法国的店我也去过，生意不错，鳗鱼从日本运去？”

“不，用荷兰的，那边湖很多，都是野生，有时比日本的还要肥大。”

鳗鱼鸡蛋卷又上桌，碟中三大片，卷在里面的鳗鱼很大块，鱼油透进鸡蛋中，下酒一流。接着是烤鳗鱼肠和肝，爽爽脆脆，苦中苦的滋味用文字形容不出，再来一碟。

“撒点山椒粉吧。”金本建议。

山椒粉就是我们的花辣粉，又麻又有点辣，用日本的新鲜山椒粉来炒麻婆豆腐，是一绝。

“还有什么珍味？”

“珍味”是所有鳗鱼店的拿手秘籍，家家不同。金本拿出鳗鱼苗蒲烧，叫作“ikadayaki”，那么小的鱼，连骨细嚼，不错不错。

“在巴黎买了伊朗鱼子酱，用鳗鱼包着吃，你试试看。”

的确是珍味，最后上的是茶碗蒸，用鸡蛋蒸鳗鱼和鱼翅，金本说：“跟中国人学的。”

酒足饭饱，捧着肚子走出来，金本亲自送客，远望着我的背影。

新加坡小食有其形无其味

助手徐燕华是新加坡人，婚宴在那里举行，和她们一家飞去参加，下飞机后我先探其母，再由她父亲带大伙儿到东海岸的美芝伴大虾面店去。

滂沱大雨，但铺外排了长龙，等了好久才有位坐，吃了一碗真正味道的虾面。什么叫真正味道？我的定义是小时候吃过的味道。比起来，较一般更好的味道。

小食不是什么高科技，用心、用足料、用够时间煮，一定成功。问题在于你肯不肯花工夫罢了。

所谓虾面，一定要用虾壳和猪骨熬出很香浓的汤，这是基本的。这家人维持着这种水平，依足旧传统。上桌前加上猪油渣，桌上也有辣椒粉给你撒。生意滔滔是必然的。

其他小食，大多数味道已经失真，是种悲哀。

像我当学生时吃过的印度啰[1]，是一种把小虾蘸酱粉炸出，又有包面粉的鸡蛋，染得颜色漆红用水发过的鱿鱼等等，摆在摊前，客人自选爱吃的，小贩便拿去翻炸一下，再切片上桌。吃时点着独特的酱料，天下美味也。

在数十年里，我一见印度摊子就去叫他们的啰，但是酱料永远是那么难吃。

这回又去了三家，因赶时间，叫其中一档不必再炸，就那么切来吃就是。把染红的鱿鱼吃进口，即刻吐了出来。那个印度人，不拿泡开的鱿鱼给我，用的是生的，当然我不叫他翻炸是我的错，不过照道理也应该告诉我一声呀！

当今的小食，布满了每一个角落，新加坡已是举目皆“摊”了。那么多小食，那么多人当小贩，究竟有多少家能像美芝伴大虾面那样保持水平呢？经验告诉我，整个新加坡，伸出十指数一数，还有剩。

生活水平的提高是主要因素，社会进步，节奏快了，没那么多闲情去炮制小食了，就没从前那么好。慢工出细活，新加坡小食比不上吉隆坡，吉隆坡又比不上槟城。越过国境，到了曼谷，那里一个荷包蛋用木炭慢慢煎，煎得蛋白周围发泡，蛋黄还是软熟的，当然好吃。

---

① 印度啰：全称为印度啰惹，其中“啰惹”（Rojak）也译为“罗惹”，此种菜品在亚洲不同地区有很多版本。——编者注

怀念那失去的味道，小时候爱吃中国人的肉骨茶、酿豆腐、海南鸡饭、蟒蚶炒粿条、福建薄饼，马来人的沙嗲、鱼饼（Otak-otak）、炸豆腐（Tauhu Goreng）、淋面（Mfe Goreng）、马来米粉（Mee Siam），还有印度人的羊肉汤、印度炒面等等等等，都是一谈起来就引人垂涎的美食。

当今这些东西呢？还有，大把！

每个熟食中心都卖。做菜的通常是一群没有经验的。有些人为了谋生，顶下一个摊，叫旧档主教他们几招，隔天就开张大吉了。

太年轻的不去说他，这群小贩中大有中年人，难道他们小时候没吃过一顿好的小食吗？那些味道，要重现起来并不难呀！我不是说过并非高科技吗？失败了一次，再来，再失败，第三四回已经是高手了。怎么不学？怎么不求进？活着和死了没有分别，一天过一天的日子！

生活水平提高，对食物的水平的需求也更高才对。这一点，大家只花工夫和金钱在冷气上，在装修上。有的吃就是，什么是好吃？不懂！这种现象，不只出在新加坡，各个大城市也一样。

美食的消失，客人也要负一半的责任。大家为了健康，不吃猪油。可是这群家伙学洋人，到西餐店去，面包上一大块一大块的牛油照样涂着吃，就不怕死了吗？

只要不是天天、每一顿都吃那么多的猪油，又能怎么样？任何东西只要不过量，总是没事的。

大都会的人都没好东西吃吗？也不是，你到纽约、东京、巴黎去。好的小食档还是存在，但是就像炮制食物一样，你也得花时间去找。不但如此，还要排队。这些坚持水平的档子，老饕慕名而来。

像要吃真正味道的酿豆腐，那就得到珍珠坊中的永祥兴去，那里的酿豆腐为什么那么好吃？很简单，用大量的黄豆熬汤，汤一定甜。

嫌烦，时间又不凑巧的话，对面也有一档卖酿豆腐的，霓虹灯打着“老字号”，但卖的是拼命加冷水、水还未滚就盛给客人喝的汤。一个铁盘，假装把豆腐皮倒入汤中，其实是半盘的味精。

要吃真正的啰吗？到黄埔街市去吧！马来小食？如切路上的 Glory[①] 不错。印度的，唉，不去谈它！

真正好的新加坡小吃，除了那寥寥数家之外，再也没了。这次徐家和我一共去了好几个熟食中心，吃得杯盘狼藉，但一面吃一面骂，所有小贩卖的都是有其形无其味的东西。我们也照吃，是想找些回忆，但总是失望。但愿有一点理想的年轻人早日出现，小食做得好，生意一定好，你我都高兴。

---

① Glory：餐厅名，直译为“荣耀”。——编者注

法国早餐

法国酒店也包早餐，食物就比意大利的丰富得多。至少，他们还有热东西吃。

煎蛋、混蛋、香肠、腌肉，都是热的。

为什么意大利人不吃热东西？也许是他们的天气，已经太热。

给人一个很深的印象，是法国南部的自助餐台上摆着一篮刚从树上摘下来的水果，当今是又肥又红的樱桃，梨和桃也盛产，有时是装在一个木箱中，整箱任选。

新鲜水果对一个旅行的人很重要。肉吃得太多，生理会起变化，需要以水果来调理，要不然坐长途车，会很辛苦。

茶放在进门的第一个位置，虽然只是茶包，也有许多种类。法国人的喜好受英国及意大利的影响，徘徊在茶和咖啡之间，不像意大利人只是一味咖啡。

还有他们的长条面包，皮不硬，中间更是松化，像一进口就溶掉似的，百食不厌。更有羊角包，全世界都学法国人做，当然是在当地吃最正宗不过了。

果酱放在大玻璃缸，任客人自舀。他们认为锡纸包装是邪道，连放入小瓶的Hero（英雄牌）也看不顺眼，非一大缸一大缸装不可。

奶酪倒是可以接受塑料和锡纸包，但发觉这种食物是给外国旅客吃的，法国旅客不去碰，像对它的兴趣不大。

美国人发明的麦片和麦饼碎也不受欢迎，法国小孩却吃得津津有味，因为父母为他们淋上蜜糖。

一般人都很有礼貌，迎面一声“早安”，也许我身在普罗旺斯区，南部的法国人，没巴黎人那么讨厌吧。

见他们吃多少拿多少，绝不装得满满的整碟，吃不完剩在那里，可知有点教养，这是在意大利看不到的事。

意大利早餐

吃的都是冷东西，牛奶、果汁、酸酪、麦片、生火腿、芝士……

面包多种，也是冷的，甜者居多，法式的连羊角包也要涂上一层糖。普通的面包分一个拳头那么大的和一长条的，需要自己拿刀切。每个面包都硬得要命，跌在地上“砰”的一声巨响，吓倒邻桌老太婆。

在外面咖啡店吃的也是这些东西，旅馆习惯性包早餐，每天起身就到楼下吃，但一看不开胃，又跑回房间自己煮公仔面。

睡迟了来不及时，又到餐厅去，前者自备普洱茶叶。第一次交给侍者，吩咐装进茶煲就行，冲不冲掉一次已不重要了。

拿回来给我，一看，茶叶不见了，只是一壶淡淡的褐水。原来厨房自作主张，替我沏完把茶叶扔掉，真是太可惜了。虽然不是什么宋聘号茶[1]，但也珍贵。在意大利，喝完了到什么地方添购？

偶尔，在一些三星级的旅馆中反而会出现炒混蛋，却是事前炒了一大堆装进一个大盘中，下面用热水保暖。

忽然对这些混蛋特别有好感，它是唯一的热食物，拿了碟子添多些。

吃进口中，一点蛋气也没有，像飞机餐中把冷冻蛋重新加热的味道一样，要把蛋做得那么难吃，也需要很高的天分。

水果多是腌渍过的梨或桃子，加糖，极不自然，难于咽下。也没有生菜沙拉，尽是肉类和淀粉，吃得身体起了变化，花在洗手间里面的时间长得多。

好处在咖啡是香浓的，但是对咖啡毫无兴趣的我，一点作用也没有。

怪不得意大利人到了半岛或香格里拉酒店，看到自助早餐之丰富，又中又西又日的，蛋是新鲜煎出的，水果现榨汁，叹为观止，大叫："这才是天堂的食物嘛！"

---

① 宋聘号茶：指普洱茶中的精品。"号级茶"指从清末到20世纪50年代初私人商号出品的普洱茶，"宋聘号"是其中的知名品牌。——编者注

匈牙利厨房

二十五年前，当我第一次来布达佩斯时，认识了名画家安东·莫纳，当时他还只是一个寂寂无名的小子。

“带我去全城最好的一家餐厅，我请客。”我说。

Szazeves（萨泽夫斯）是他最想去的，但是吃不起，这次他便带他的女朋友克丽丝蒂娜和一个时装模特儿一起来了，四人进店坐下。

“喝什么餐前酒？”侍者问。

我一看餐牌，有五种，向他说：“全要。”

五个水晶玻璃杯一字形排开，倒出来的都是烈得不得了的水果酒，一口气干掉，即刻快乐起来。

四分之一世纪后安东和我重游，第一件事，当然又去那家餐厅怀旧一番。这时的匈牙利国内出现了无数一流餐厅，但是这家餐厅老板依然故我，装修没有改变，已是百年老店，食物还保持极高的水平。

这次同样要了五杯烈酒，吞下肚，感到一阵热气。一大碟的前菜上桌，里面的匈牙利典型小食应有尽有。正想吃时，四个人的吉卜赛乐队围了上来，开始表演节奏极快的《匈牙利狂想曲》，气氛马上卷起高潮。

红酒、白酒不断添加，美食一道出了又一道。看过一部叫《黄昏之恋》（*Love in the Afternoon*）的电影，男主角加里·库珀身边永远有个吉卜赛乐队跟着，为他奏出《诱惑》（*Fascination*），这次也请乐队来这首歌。

听得女伴杨峥和涓子如痴如醉，乐队领班里戈·杨奇（Ricó Jancst）又再用他的小提琴弹出各种鸟叫声，有点像我们的《百鸟归巢》，众人大乐。

最后上的是甜品，各种不同的做法，非常地道，是在法国意大利餐厅吃不到的，配以匈牙利最好的甜酒托卡伊（Tokaj），天衣无缝。安东和我一杯又一杯，二十五年前像是昨日，眨眼间的事了。

整间餐厅的建筑又长又深，里面是一个花园，天热了可坐客人。装修不豪华奢侈，更显得亲切近人。酒店派送的旅游册上不会看到它的名字，但绝对是一家不可错过的食肆，你到布达佩斯时不妨一试，价钱也是合理的。

第二个晚上，安东带我去他最喜欢的一家餐厅，叫“祖母南茜”（Nancsi Neni）。

核桃和梧桐树下，坐满了客人，餐厅的室内也颇为宽大，装修得朴实，桌子上面的架子摆着铜锅和铁铲等各种厨具，墙上摆了醋浸的蔬菜玻璃瓶子。

餐牌的封面印着一张发黄的照片，是一对夫妇，文字写着：“只有母亲和祖母知道生活是怎么一回事。”看着她们的孩子吃一顿，就能令她们快乐。好像在说：我给你们好的东西吃，我给你们美好的一生。

一个男人，如果没有一个女人对他充满了爱意，望着他吃东西的话，他一定是一个不快乐的男人。

把食物贡献给他，好像在说：“活吧！”如果这些食物给他带来欢乐，就好像在说：“活得高兴一点吧！”

的确，祖母南茜的食物带给了我快乐，匈牙利名汤古雅什（Goulash）[1]在这里做得非常精彩。如果你问我，一生人之中喝过最满意的西餐汤汁在哪里，我的答案肯定是在这家馆子。

汤并不是一碗碗来的，而是用一个巨大的瓷器盛着，一锅子上桌，任客人要喝多少是多少，喝完了再添。在家庭中绝对吃不

---

① 古雅什（Goulash）：又译为匈牙利红烩牛肉或菜炖牛肉。——编者注

到那种味道，因为不是大量地煲出的话，牛肉不会入口即化。各种蔬菜都已溶入汤中，极为香甜和浓厚。单单是汤和面包一块儿吃，就已经不必其他馔菜了。

但是祖母做的菜，绝对不止一道，古雅什喝完，再上煲清汤，这和广东祖母的老母鸡汤有异曲同工之处。再来的鱼汤，虽然不像马赛的普罗旺斯鱼汤那么精彩，但也很香浓。

奇怪的是，匈牙利这个国家被大陆包围着，看不到海，为什么鱼汤也做得好呢？原来用的都是多瑙河中的河鲜。这家人有一道鲇鱼菜，用大量的蒜头把鱼爆香后，再以甜的灯笼椒和各种香料去煨，也是绝品。

乡村式的烤鹅，鹅皮酥脆，一片鹅夹了一片鹅肝，铺着核桃和樱桃酱，是用钵酒[1]熬出来的，加上匈牙利Saffron（藏红花）香料，色香味俱全。

红烧Csarda（恰尔达）牛肉不容错过。“Csarda”是匈牙利乡下餐厅的意思，他们用大锅子加种种香料和蔬菜，把牛肉块红烧得软熟，吊味的竟是大量的鹅肝酱，并非英美的牛扒那么简单。

焗猪手一大块上桌，皮炸得香脆之后，再用灯笼椒、蒜头和酸忌廉去焗熟，秘方在于不是普通猪手，而是烟熏后风干的。

---

① 钵酒：又称波特（Porto）酒，产自葡萄牙。——编者注

店主说：“我最初是航海的，过了五年的漂泊生活，疲倦后我决定开一家餐厅，与众不同的餐厅，别的地方要付高价，我这里会让你感觉到便宜得要命。我的菜的分量一定要大，就像我祖母做的，她叫南茜，我就用她的名字开这家餐厅。”

好西餐

说真的，这几年来，对吃西餐，不管怎么好，都有点怕怕。友人见我少食，以为我只爱中餐。

西餐一顿要花三四个小时，东西又不是那么美味，总有点不耐烦。来来去去都是那几样东西，吃点头盘，喝个汤，来些沙拉，再锯一块扒，都是传教士式的动作，怎么不生厌。

一般的餐厅，都是由些嘴边不长毛的小子躲在厨房里炮制，只学了那么几道菜，就成为大师傅了。最拿手的是把鲑鱼剁碎，放进一个铁圈中，填了肉把铁圈拿起，一块又圆又扁的食物呈现在碟中，插上香草，再用又红又黄的酱汁滴在碟边画画，就摆上桌。

把鲑鱼放入搅拌机中搅了，用牛油一煮，加点白酒，下大量白开水，就煮成汤。

生菜之中，混上几块生鲑鱼，下大量橄榄油和芝士碎，就是沙拉。

把鲑鱼切成香烟盒那么大的一块，下锅煎一煎，再用手指抓起翻过来煎另一面，已是主菜。看得心中发毛，我们做菜都要求热辣辣，怎么知道西洋厨子可用手指翻那半冷的鱼？

食材也没有一点想象力，鲑鱼来鲑鱼去，当今我看到鲑鱼就反胃，绝对不会去碰了。

事实当然没有我说的那么夸张，可煎一块牛扒呀！但美国牛扒硬得要命，就算是Dry Aged（干式熟成）储藏后发酵的，也不算好吃。澳大利亚、新西兰牛扒更糟糕，一说是日本和牛种，也不知道和牛分多少地区和等级，非要斩到你一颈血为止，绝对不值得去吃。

肉块的旁边，放一个马铃薯，或将它打成蓉，不然就煮些红萝卜，或者烫熟几块没有味道的西蓝花当为配菜，看到了也不想吃。

牛肉永远不照你的吩咐去烤，点半生的一定弄至硬邦邦的全熟。全熟？烤到使肉发焦变成炭为止。

不如去吃羊扒吧！羊扒也照样煎得老老的。那么来个羊架吧，露出几根骨，用片花纸包住，一片片切开来吃，咦？怎么连羊膻也闻不到呢？冷冻得不像羊肉呀！

叫鸡吧！永远是那块又厚又没味道的鸡胸肉，像吃发泡胶，就算是法国名产区的过山鸡，也只是心中感觉到的甜味而已。

鸭子可好？浸油鸭是二流法国厨的拿手好戏，浸得硬邦邦的，怎会好吃？不然用刑具式的铁压来榨，原来也只是噱头，血浆煮熟再淋在鸭肉上，也没什么特别的味道。

“你不会吃！”外边友人骂我，“要吃西餐，一定要去巴黎！”好，就听你话到巴黎，任何名厨都试过，有些是一小道一小道来个十几道的，所谓试菜餐（Tasting Menu），怎么吃也吃不饱，而且难吃的居多。

不如去吃意大利菜吧，意大利菜总是充实，不像法国菜那么浮夸，对的，吃来吃去总是生火腿蜜瓜，再来碟芝士意粉，已饱得再也撑不下去了。

别吃那么多肉或面，再点鱼吧！意大利最高级料理，用盐包住鱼再拿去烤，像叫化鸡一样把盐皮打开，露出鱼来，把最美味的鱼皮除掉，再拆可以吸噬的骨，剩下的又是发泡胶式的鱼背肉，正想试一口，大厨拿了大瓶的橄榄油倒下，又拼命挤柠檬，弄得又油又咸又酸。啊，好好的一尾鱼，怎么那么糟蹋了？那是没有冷藏的年代，鱼发臭了才挤柠檬，这种坏习惯怎会存到现在？

更恐怖的是遇到把东洋食材当为绝配的洋厨子，以为有点金枪鱼刺身，就是世上最新鲜的食物，连本来可以自豪的鹅肝酱或黑松露菌，也要加一两片半熟的日本牛肉，才觉得是高贵。

就算上电视的天才主厨奥利维娅，做什么都放一点柚子酱下去，说这日本调味品是万能的，已经好几十岁的人了，还长不大，见识还是那么少。

“难道你什么西餐都不吃了吗？”友人问。

吃，好的西餐，我当然吃，而且非常喜欢。

什么叫好西餐？就是妈妈或祖母煮的那种。

在法国南部的小餐厅，或者意大利乡下，一定有一两道用大锅煮出来的菜，也许是什么东西都放进去乱煮一通，但弄出来的天仙的食物，从来不让客人失望。

也不必花时间去等，坐下来，喝一碗汤，或一大碟煮得稀烂的肉，加上面包，是又充实又基本的一餐。

有一间快要开张的高级西餐厅叫我去试菜，东西相当有水平，但餐牌上就没有这种一大锅煮出来的妈妈料理。餐厅老板们来问我意见，我回答说：“请大厨做一锅好不好？”他们听了都拍手赞成，但大厨抓抓头，说不会做。

东欧和俄罗斯都有这种传统，代表性的是他们的Goulash，也就是中国人印象中的罗宋汤，其实是不一样的。这种大锅菜，西方到处都有，只是没人欣赏，也少人去学。

如果说在美国吃不到好东西，那也是错的，他们的祖母或妈妈，煮的那一大锅辣椒大豆，才是真正的美国菜，好吃得要命。

谁说我不喜欢西餐？

第四章

吃的讲义

热爱生命的人，一定早起，像小鸟一样，他们得到的报酬，是一顿又好吃又丰富的早餐。

飞机餐

最初出国，对那个一格格充满食物的飞机餐大感兴趣，吃得精光。

坐多两回以后，已经怕怕。天下，竟有这么难吃的东西！

生活水平提高，已不能回头？或者觉得自己是个大亨了，不能吃这种平民化的食物？不，不，不，是因为有选择，不必挨这种不必要的苦。

上飞机之前都替自己准备了爱吃的东西，打包上去，只向空姐要一个空盘，将带去的干捞面、炒贵刁[①]、半只烧鹅、全只烤鸡、虾饺烧卖、荷叶饭等等摆好，还自备一双竹筷，吃将起来。最后把纸包和剩菜装进呕吐袋中，干干净净，完全不麻烦人。多好！

---

① 炒贵刁：粤语对炒河粉的别称。——编者注

曾经一度，国泰的飞机餐得到冠军，实在好吃，就不必自带食品了，后来退步了，不堪入口，现在再请镛记为他们设计，好了很多。

新机种的座位拉宽了，椅背有荧光屏，空姐的招呼愈来愈完善，但只是机内餐每况愈下。经济不好，该省就省，也无可厚非。至少比内地机的三明治和果汁好得多了。有时他们会给你一包加应子[1]或果仁。最后还多给你一条毛巾，啼笑皆非。

其实在旅程中，“吃”是分数占得最多的，吃得好的话，下次再来搭同家公司的飞机，等于宣传。飞机餐是很重要的一环。

“为什么还是那么难吃？”我常问航空公司的餐饮负责人。

“你有所不知。”他们像教小孩般地解释，“飞机餐需要重复加热（reheat）的，当然不及餐厅中现做现吃那么好吃。”

我心中大笑：“有些食物是愈加热愈好吃，像柱侯牛腩就是一个例子。连这个道理也不懂，怎么做餐饮部负责人？”

有时他们可怜自己：“上头的压力也真大，为了节省成本，当然做得没从前那么好。”

“与其将高级化的饮食水平降低，不如把平民化的食物水平提高。”我真想这么回答他们，但是想想，讲了也多余，也就不出声了，因为对方多数是外国人，牛腩有多好吃，他们不知道。

---

① 加应子：一种起源于福建的蜜饯，用李子干制成。——编者注

竞争下，航空公司老板开始注意飞机餐的重要性，纷纷请名厨设计。

原意虽佳，但是名厨从外头请来，是下包飞机餐公司的面子，遇到的全是阻力。

“机内加热的机器有限，不行！”

“空姐不能多下功夫，不行！”

“你也要照顾到外国人的传统口味，不行！”

种种理由，结果名厨设计出来的东西还像原来的飞机餐那么难吃。

包飞机餐的公司有它的困难，但不是不能解决的，而且食物并非什么高科技，只要努力，总解决得了。

像白米饭这碗简单的东西，炊好了加热，碗边总有几粒硬化，崩掉大牙。有人会说：用炊饭煲呀！不过这只能应付头等舱或商务舱乘客，经济舱也供应的话，人手是不足的。

日航就肯下功夫，创造出一个叫“EH”的远距离紫外线加热柜，蒸出一粒粒白白胖胖的白饭来。飞机餐的白饭不好吃，已经成为过去了。

就算没有这个新科技的加热柜，只要包住白饭来蒸，也能解决问题，像把白饭捏成饭团，用竹叶或豆腐皮来包，就不会出毛病了。

如果你是一个经常旅行的人，你会发觉周围坐的东方人多过西方人。面包与白饭的选择，当然后者居多，所以把饭做得好是多么重要！

最近日本佳速航空（Japan Air System）叫我替他们设计飞机餐，我和包食物的德航厨房开过多次会议，大家取得共识，德航的中国大厨和我配合得很好，一心一意克服技术上的难题。

最后做出来的其中一款是咖喱饭。

“咖喱饭？”最初有些朋友说，“是不是低级了一点？”

我说：“首先，坐飞机的人，一定没有什么胃口，咖喱带刺激性，绝对受欢迎。其次，这也符合低级食物高级化的道理。”

我们做的咖喱饭，白饭上面铺了片成薄片的龙虾和带子[①]，排成一朵花的模样，再淋上香港的咖喱汁，还有荞头、泡菜和葡萄干做配料。

“成本是不是很高？”朋友问，“经济舱也能吃到吗？”

经济舱的咖喱饭，同样的上等咖喱，用大只的对虾代替，以求符合经济的原则，但是滋味并不减少。

① 带子：又名江珧，是一种海蚌。——编者注

早餐天下

热爱生命的人，一定早起，像小鸟一样，他们得到的报酬，是一顿又好吃又丰富的早餐。

什么叫作好？很主观化。你小时候吃过什么，什么就最好。豆浆油条非我所好，只能偶尔食之。因为我是南方人，粥也不是我爱吃的。我的奶奶从小告诉我：“要吃，就吃饭，粥是吃不饱的。”

奶奶在农村长大，当年很少吃过一顿饱。

从此，我对早餐的印象，一定要有个“饱”字。

后来，干电影工作，和大队一起出外景，如果早餐吃不饱，到了十一点钟整个人已饿昏，更养成习惯，早餐是我生命中最重要的一顿饭。

进食时，很多人不喜欢和我搭台坐，我叫的食物太多，引起他们侧目之故。一个我心目中的早餐包括八种点心——虾饺、烧卖、鸡扎[①]、萝卜糕、肠粉、鲮鱼球、粉粿、叉烧包，外加一盅排骨饭，一个人吃个精光。偶尔来四两孖蒸，时常连灌两壶浓普洱。

在香港，从前早餐的选择极多，人生改善后，大家迟起身，可去的地方愈来愈少。代表性的有中环的陆羽茶室饮茶，永远有那么高的水平，一直是那么贵；上环的生记吃粥，材料的搭配变化无穷，不像吃粥，像吃一顿大菜，价钱很合理。

九龙城街市的三楼，可从每个摊子各叫一些，再从其他地方斩些刚烤好的烧肉和刚煮好的盅饭。友人吃过，都说不是早餐，是食物的饮宴。

把香港当中心点，画个圆圈，距离两小时的有广州，白天鹅酒店的饮茶一流，做的烧卖可以看到一粒粒的肉，不是机器磨出来的。台北的，则是街道的切仔面。

远一点距离四小时的，在新加坡可以吃到马来人做的椰浆饭（Nasi Lemak），非常可口。吉隆坡附近巴生小镇的肉骨茶，吃了一次，从此上瘾。

日本人典型的早餐也吃白饭，一片烧鲑鱼，一碗味噌汤，并不丰富。宁愿跑去二十四小时营业的吉野家吃一大碗牛肉丼[②]。在

① 鸡扎：一种广式点心，将鸡肉等原料包在豆腐皮里，卷成一束蒸制。——编者注

② 牛肉丼（dǎn）：即日式牛肉盖饭，“丼”为日本沿用的中国古汉字，有饭盒的意思。——编者注

东京的筑地鱼市可吃到井上的拉面和大寿的鱼生。小店里老人家在喝酒，一看表，清晨五点多，我问道：“喂，老头，你一大早就喝酒？”他瞄了我一眼：“喂，年轻的，你要到晚上才喝酒？”

生活时段不同，习惯各异。我的早餐，是他的晚饭。

爱喝酒的人，在韩国吃早餐最幸福，他们有一种叫“解肠汁”的，把猪内脏熬足七八小时，加进白饭拌着吃，宿醉即刻被它医好。还有一种奶白色的叫“雪浓汤”，天冷时特别暖胃。

再把圆圈画大，在欧洲最乏味的莫过于酒店供应的“欧陆早餐”了，一个面包，茶或咖啡，就此而已，冲出去吧！到了菜市场，一定找到异国情怀。

问酒店的服务部拿了当地菜市场的地址，跳上辆的士，目的地达到。在布达佩斯的菜市场里，可买到一条巨大的香肠，小贩摊子上单单芥末就有十多种选择，用报纸包起，一面散步一面吃，还可以买一个又大又甜的灯笼椒当水果，加起来才一块美金。

纽约的富尔顿菜市场中卖的刚炸好的鲜虾，绝对不逊日本人的天妇罗，比吃什么“美国早餐”好得多。和“欧陆早餐”不同，纽约早餐只是加了一个炒蛋，最无吃头。当然，纽约像欧洲，不像美国，所以才有此种享受。卖的地方只有炒蛋和面包，宁愿躲在酒店房吃一碗方便面。

回到家里，因为我是个“面痴”，如果一星期不出门，可做七种面食当早餐。星期一，最普通的云吞面，前一天买了几团银丝蛋面再来几张云吞皮，自己选料包好云吞，滮面吃，再用菜心灼一碟蚝油菜莲[1]。

星期二，福建炒面，用粗黄的油面来炒，加大量上汤煨，一面炒一面撒大地鱼粉末，添黑色酱油。

星期三，干烧伊面[2]，伊面先出水，备用，炒个你自己喜欢吃的小菜，但要留下很多菜汁，让伊面吸取。

星期四，猪手捞面，前一个晚上红烧了一锅猪手，最好熬至皮和肉差那么一点点就要脱骨的程度，再用大量浓汁来捞面条。

星期五，泰式街边玛面，买泰国细面条滮好，加各种配料，鱼饼片、鱼蛋、叉烧、炸云吞、肉碎，淋上大量的鱼露和指天椒碎食之。

星期六，简单一点来个虾酱面，用黑面酱爆香肉碎，黄瓜切条伴之，一面吃面一面咬大葱。

礼拜天，把冰箱中吃剩的原料，统统像吃火锅一样放进锅中灼熟，加入面条。

印象最深的早餐之一，是汕头金海湾酒店为我安排的，到菜市场买潮州人送粥的小点咸酸甜，一共一百种，放满整张桌子，看到时已哇哇大叫。

---

① 菜莲（wěi）：粤语中指幼嫩的菜芽。——编者注

② 伊面：又称伊府面，是一种油炸的鸡蛋面，据称是现代方便面的始祖。——编者注

之二，在云南昆明的酒店里，摆一长桌，上面都是菜市场买到当天早上刚刚采下的各种野菇，用山瑞熬成汤底，菇类即灼即食，最后那碗汤香甜到极点。

之三，在战争期间的西贡[①]，一个商人请我到一个地下室，里面摆的是天下最好的鱼子酱和香槟。龙虾用来灌香肠。外面炮声机关枪响不绝，是这一辈子再也不能重现的早餐。

① 西贡：越南胡志明市的旧称。——编者注

吃的讲义

有个聚会要我去演讲，指定要一篇讲义，主题说吃。我一向没有稿就上台，正感麻烦。后来想想，也好，作一篇，今后再有人邀请就把稿交上，由旁人去念。

女士们、先生们：

吃，是一种很个人化的行为。

什么东西最好吃？

妈妈的菜最好吃。这是肯定的。

你从小吃过什么，这个印象就深深地烙在你脑里，永远是最好的，也永远是找不回来的。

老家前面有棵树，好大。长大了再回去看，不是那么高嘛，道理是一样的。

当然，目前的食物已是人工培养，也有关系。

怎么难吃也好，东方人去外国旅行，西餐一个礼拜吃下来，也想去一间蹩脚的中餐厅吃碗白饭。洋人来到我们这里，每天鲍参翅肚，最后还是发现他们躲在快餐店啃面包。

有时，我们吃的不是食物，是一种习惯，也是一种乡愁。

一个人懂不懂得吃，也是天生的。遗传基因决定了他们对吃没有什么兴趣的话，那么一切只是养活他们的饲料。我见过一对夫妇，每天以方便面维生。

喜欢吃东西的人，基本上都有一种好奇心。什么都想试试看，慢慢地就变成一个懂得欣赏食物的人。

对食物的喜恶大家都不一样，但是不想吃的东西你试过了没有，好吃不好吃？试过了之后才有资格判断。没吃过你怎么知道不好吃？

吃，也是一种学问。

这句话太辣，说了，很抽象。

爱看书的人，除了《三国演义》、《水浒传》和《红楼梦》，也会接触希腊的神话、拜伦的诗、莎士比亚的戏剧。

我们喜欢吃东西的人，当然也须尝遍亚洲、欧洲、印度、中东和非洲的佳肴。

吃的文化，是交朋友最好的武器。

你和宁波人谈起蟹糊、黄泥螺、臭冬瓜，他们大为兴奋。你和海外的香港人讲到云吞面，他们一定知道哪一档最好吃。你和台湾人的话题，也离不开蚵仔面线、卤肉饭和贡丸。一提起火腿，西班牙人双手握指，放在嘴边深吻一下，大声叫出："㖿——"

顺德人最爱谈吃了。你和他们一聊，不管天南地北，都扯到食物上面，说什么他们妈妈做的鱼皮饺天下最好。

全世界的东西都给你尝遍了，哪一种最好吃？

笑话，怎么尝得遍？看地图，那么多的小镇，再做三辈子的人也没办法走完。有些菜名，听都没听过。

对于这种问题，我多数回答："和女朋友吃的东西最好吃。"

的确，伴侣很重要，心情也影响一切，身体状况更能决定眼前的美食吞不吞得下去。和女朋友吃的最好，绝对不是敷衍。

谈到吃，离不开喝。喝，同样是很个人化的。北方人所好的白酒，二锅头、五粮液之类，那股味道，喝了藏在身体中久久不散。他们说什么白兰地、威士忌都比不上，我就最怕了。

洋人爱的餐酒我只懂得一点皮毛，反正好与坏，凭自己的感觉，绝对别去扮专家。一扮，迟早露出马脚。成龙就喜欢拿名牌酒瓶装劣酒骗人。

应该是绍兴酒最好喝，刚刚从绍兴回来，在街边喝到一瓶八块人民币的太雕，远好过什么八年、十年、三十年的。但是最好最好的还是香港天香楼的。好在哪里？好在他们懂得把老的酒和新的酒调配，这种技术内地还学不到，尽管老的绍兴酒他们多的是。

我给法国最著名的红酒厂厂主去试天香楼的绍兴酒，他们喝完惊叹东方也有那么醇的酒，这都是他们从前没喝过之故。

老店能生存下去，一定有它们的道理，西方的一些食材铺子，如果经过了非进去买些东西不可。

像米兰的IL Salumaio（萨卢麦奥）的香肠和橄榄油，巴黎的Fanchon（方雄）的面包和鹅肝酱，伦敦的Forthum & Mason（福南—梅森）的果酱和红茶，布鲁塞尔的Godiva（歌帝梵）的朱古力等等。

鱼子酱还是伊朗的比俄罗斯的好，因为抓到一条鲟鱼，要在二十分钟之内打开肚子取出鱼子，上盐，太多了过咸，少了会坏，这种技术，也只剩下伊朗的几位老匠人会做。

但也不一定是最贵的食物最好吃，豆芽炒豆卜，还是很高的境界。意大利人也许说是一块薄饼。我在那不勒斯也试过，上面什么材料也没有，只是一点西红柿酱和芝士，真是好吃得要命。

有些东西，也会从最难吃变为最好吃的，像日本的所谓什么中华料理的韭菜炒猪肝，当年认为是咽不下去的东西，当今回到东京，常去找来吃。

我喜欢吃，但嘴绝不刁。如果走多几步可以找到更好的，我当然肯花这些工夫。附近有家藐视客人胃口的快餐店，那么我宁愿这一顿不吃，也饿不死我。

“你真会吃东西！”友人说。

不。我不懂得吃，我只会比较。有些餐厅老板逼我赞美他们的食物，我只能说："我吃过更好的。"

但是，我所谓的"更好"，真正的老饕看在眼里，笑我旁无人也。

谢谢大家。

绝灭中国饮食文化的罪魁祸首

从福建回来，最失望的是没有吃到真正的福建炒面和薄饼。这两种最地道的小食，反而在台湾和南洋一带保存着，当地只有在家庭中才做得好，为什么呢？

“炒面和薄饼能卖得了几个钱？”当地友人说，“大餐厅里做这种东西，早就执笠[①]。”

“小贩摊中也吃不到呀！”我抱怨。

“都流行卖美式快餐和珍珠奶茶了，当地人并不欣赏当地食物，认为老土。”他说。

同样的经验，在山东也有过。山东再也吃不到像鞋子那么大的山东大包，说什么现在的人胃口没那么大，有的都缩小了。也

---

① 执笠：粤语中指商铺收摊、破产。——编者注

没见过炸酱面，真正的炸酱面的酱又黑又漆，当今的人说看了怕怕。

到了江南，所有的菜都不正宗。

“让我吃一顿真正的上海菜吧！”我说。

“老上海菜有什么好吃？”港人朋友说，“又油又咸又甜。”

“我就要吃大肥、大咸、大甜的！”我抗议。

友人瞪了我一眼，再不搭腔。

绝灭中国菜的罪魁祸首，第一个就是当今的人注意的“健康”。怕油、怕咸、怕甜，这不敢叫，那不敢吃，精神就出毛病。而精神上的毛病，往往影响到肉体上的毛病，现代人的毛病，是医不好的。

“当年的人吃猪油，是因为他们营养不够，所以吃了也不要紧，现在不同了嘛。”有的人说。

有钱就怕肥，当今的趋向是去健身房、吃减肥药了。中国经济增长每年七八个巴仙，是世界各地的人羡慕不已的。在广东，酒楼的生意滔滔，挤满了客人，这种现象只有在香港以前看得到。

这些人到了餐厅就是吃、吃、吃，来最贵的，但不一定是最好的。

所以香港菜就成为罪魁祸首第二了。香港人领先吃鲍参肚翅，又有游水海鲜，都是贵东西，才有钱赚。

各省餐厅，不管是卖什么当地菜，一进门就看到一大列水箱，中间养着龙虾和各类石斑。前者来自澳大利亚，后者来自菲律宾。我组织旅行团去尝地道美食，客人看到了龙虾、石斑，心中一定会问我为什么不给他们叫。但是这种进口的新玩意儿，内地师傅做得哪有香港师傅那么好？价钱又比香港贵，吃了还要骂街呢。

但招呼生意对手和想拉关系的人，没有鲍鱼海鲜就是不给面子。有一次去北京，给当地人请去一家所谓的港式海鲜馆，那几条鱼翅漂在汤上游泳，稀巴烂的燕窝、炒得过老的龙虾，一埋单六万多人民币一桌，主人面不改色。

也不完全是贵的，粤菜的清蒸和点心类，的确比当地肥腻腻的东西清新得多。我去河南郑州，抵达时已是深夜，要吃点当地小食，招待我们的人说只有港式饮茶，我不相信，结果找遍全市，还真的只是港式饮茶，只有罢吃。

粤菜影响了整个国家，消灭了各地地道的大餐小食，是最令人痛心的事。

没有救药了吗？也不是。古人说，会吃，也要有三代的背景。也许日后又有新局面，希望我能见到。

“我真想开个餐馆，卖我母亲做给我吃的菜，你说行吗？”福建友人问我。

我大力支持：“从小做起，不要太大，慢慢扩张好了，我会来替你免费宣传。”

地道食物还是精彩的，只要有多少肉煲多少汤就是。生意一好就兑水，那一定失败。当今许多大餐厅就是那么做起来的，像杭州的老张记就是一个例子，当年上海人看不起杭州菜，岂知他们做得又好又便宜，就那么平步青云。

香港人最灵活，算是把原有的菜式复古，一定做得下去，毕竟是好吃嘛，比起那些莫明其妙的快餐和豪华奢侈的鲍参肚翅强多了。

我再三地呼吁，在保护濒临绝种的动物之余，也要保护濒临绝种的好菜，香港作为罪魁祸首，也可以成为怀旧食物的堡垒，我们有几代的美食根基，也经过经济低迷的风浪，现在是我们带它走怀旧菜道路的时候了。

天下美食

“世界上最好吃的东西是什么？”经常有人这么问我。天下食物之多，写成数百本百科全书也回答不了你们的问题。轮到要一一尝试，谈起来更没完没了。通常我总是敷衍回答：“和你爱的人一齐吃的，就是世界上最好吃的。”

每一个国家都有它的美食。昨夜睡不着，与其数绵羊，不如把有印象的各国美食从头到尾算一遍，将想到的按各国英文名首字母顺序记下：

A. 美国。几乎没有一样好吃的东西，除了他们的辣椒大豆。用肥猪肉把大豆炆得软熟，加大量的哈瓦那辣椒（Habanero），有致命的辣度。盛在木碗中用木汤匙一大口一大口舀进嘴里，愈辣吃得愈过瘾。可惜此道菜是由墨西哥传来。

B. 比利时。青口贝（mussel）。一个人吃一大锅，用白葡萄酒和蒜蓉蒸，比用西红柿酱煮的好吃。

C. 加拿大。除了华人移民怀念的香港菜之外，一无是处。

D. 丹麦。想不出。光鸡？一点也不好吃。

E. 埃及。抽完蜜糖浸的水烟之后喝的那杯茶。

F. 法国。美食数之不尽。筛选之下，还是那条鹅颈。把骨头用巧妙的手艺抽了出来，再填入鹅肝酱，煎得有点微焦上桌，绝对不能用植物油，鹅鸭油最佳。

G. 希腊。天下最美味的乌鱼子，来自希腊，当然要配以一大瓶的Ouzo酒。

H. 荷兰。街边档的生腌鲱鱼，愈肥大愈好。不能切断，仰起头来整条从头咬到尾。

I. 意大利。生火腿夹蜜瓜。没有一个国家能做出比这里更好的火腿，甚至西班牙伊比利亚或中国金华。

印度。在果阿吃的新鲜的螃蟹咖喱，拆了肉和蟹膏加咖喱粉煮得稀烂，望着一片白色的海滩进食。

J. 日本。少不了各种鱼生，但要在日本海捕捉的。当今的鲔鱼，多数来自西班牙和印度，完全不同。河豚也是独特的，不能忘记他们的天妇罗。有一对老饕医生夫妇不理解我说天妇罗是日本料理的精华，直到他们吃过我推荐的佐川天妇罗，才折服。

K. 韩国。蒸牛肋骨。神仙炉（一种什么都有的一人份迷你火锅）。别人在灌你酒之前，让你暖胃的一碗松子粥。鲜肠汁（早上让你解宿醉的牛内脏汤）。当成甜品的那杯桂皮冷饮。以及任何一种泡菜。

L. 老挝。用沙丁鱼和香料熬汤，加入米粉的早餐。

M. 马来西亚。吉隆坡的福建炒面，槟城的叻沙，还有Klang（巴生）的肉骨茶。

墨西哥。用一个陶钵，烧红，下橄榄油，放进大蒜去爆香的蚂蚁蛋。朱古力煮的鸡。猪肉蒸熟后，淋上蛋白和忌廉汁，上面再撒数颗石榴子，色香味俱全。

N. 挪威。想不出。除非你连诺基亚手提电话也当成食物。[1]

新西兰。拍尽所有美景的《魔戒》一、二、三部之中，从来没有食物出现过。说笑归说笑，他们的生蚝少污染，还是吃得过的。

O. 阿曼。虽然到过，拣不出有什么好的。

P. 菲律宾。鱼肚塞肉、酸虾汤。

Q. 卡塔尔。没去过。听也没听过这个国家。

R. 俄罗斯。在伏尔加河畔吃刚从鲟鱼肚中剥出来的鱼子酱。

S. 新加坡。马来啰惹（一种用黑色的虾头膏[2]拌生菜的沙拉）、

---

① 此处疑为作者记忆有误，诺基亚总部实际上位于芬兰。——编者注

② 虾头膏：东南亚特产，与前文中提到的“虾膏”（广东特产）不是同一种调料。——编者注

印度啰惹（一种把食物铺粉炸出来的小吃，淋上独特的酱，但已失传）。

西班牙。海鲜饭。

T. 土耳其。河边小艇卖的烧鱼。

U. 乌干达。各类禽兽的烧烤，已分不出什么是羚羊，什么是长颈鹿了。

V. 越南。pho（牛肉河粉）。

W. 很奇怪，没有国家用这个字母打头。

X. 也没有。

Y. 南斯拉夫。在乡下的草原上，用铁架烤的全羊，但架两端接有风车，下面用稻草生火，随风而转。日出而烤，日落而食。一手挖羊肾边的肥膏，一手抓个洋葱，这儿吃一口那儿吃一口。

Z. 津巴布韦。和乌干达吃的一样。

回来谈中国，地方之大，三世人也走不完，别说吃的了。只能凭直觉抽出几样。广东：单单是手剁猪肉的烧卖，已能称冠。福建：土笋冻（一种用沙虫弄出的浆，冰结成冻）、薄饼。四川：毛肚开膛。山东：炸酱面、山东大包。河南：水席（各种汤熬的菜肴），其中有一道“假燕窝”，把萝卜切成细得不能再细的丝，上汤熬之，味道的确可以媲美燕窝。湖南：辣椒大鱼头，西瓜般大的鱼头，用数种辣椒蒸之，可用一根吸管抽取鱼脑。北京：涮羊肉，用新鲜羊腿片出，才算好材料。上海：炒粗面。杭州：砂锅鸭云吞、东坡肉等等。宁波：烤麸。

至于香港，不必一样一样数，单单一味云吞面，已够你瞧。

最后，天下最最最好吃的，还是你妈妈煮的菜。

吃些什么？

“吃些什么？”外地朋友一来到香港，这总是我的第一个问题。

“随便。”这总是他们的答案。

“没有一种菜叫随便的。”我说。

“你决定。”

“如果你住多几天，那就由我决定。”我说，“但是你在香港的时间不多，每一餐都不能浪费。”

“什么都想吃，教我怎么选择？”

“那么先分东方和西方好了。”

“怎么分法？”

“东方的包括中国、日本、韩国、泰国、越南、新加坡、马来西亚、印度尼西亚，还有印度。”我解释，“西方的有法国、意大利、西班牙。”

“为什么东方选择那么多，西方的只有三个国家，连德国菜也不入围呢？”

“德国系统的菜，包括奥地利、瑞士和北欧诸国的人，头脑比较四方，学理科多过文科，对于吃的幻想力不够，烧不出好菜来。”我说。

“我们在外国，纽约的NOBU（信），澳大利亚的TETSUYA（哲也）都是全球最好的日料餐厅，香港有没有好的日本菜。”

“我认为NOBU和TETSUYA都不行。”我说，“只有在香港还吃得过。”

“为什么？”

“道理很简单，日本菜最基本的还是靠食材。只有香港的地理环境和财力，才有资格天天空运来。那两家用的都是当地食材，就算大师手艺再好，还是次等。”

“好吧。”友人决定了，“吃中国菜。”

“中国菜也分广东、上海、北京、四川、潮州、湖南、湖北……”

“好好，好了，别再数下去。”友人说，“在香港，应该吃广东菜吧？”

“也不一定。”我说，“香港的杭州菜，做得比杭州更好，天香楼是首选。”

“有什么那么特别？”

“单单说绍兴酒，就很特别。”我说。

“绍兴酒还不是内地来的吗？去内地喝不是更好？”

“陈年的绍兴，大半已经蒸发掉，要兑新酒才好喝。调酒的经验很重要，内地当然有陈酒和新酒，但就没有天香楼调得好。”

友人的酒虫差点从口中跑出来：“还有呢？”

“还有东坡肉。”

“浙江各地都有呀！”

“藏书画家刘作筹先生，在香港艺术馆中有一个厅，陈列他捐出来的书画，很有名。生前，和内地的画家都有来往，他问对东坡肉最有研究的程十发，全国哪里的最好吃？程十发回答，在香港的天香楼。”

“那么厉害？到底好吃在哪里？”

“味觉这东西，不能靠文字形容，只能比较，你去吃吃看，就知道了。”

“如果我想吃西餐呢？选法国还是意大利的好？”

“西餐厅有Hugo’s（希戈）、Amigo（阿米戈）和Gaddi’s（吉地士），但都已经不是纯法国菜，只可以说是欧洲菜，我建议你还是到Da Dominico（多米尼科）去吃意大利菜。”

“那么好吗？”友人问。

“不是比在意大利吃得更好，”我说，“但最少是和在罗马吃到的一样。他们所有的材料都是由意大利运来，就算一尾虾，外表不扬，头还是黑色的，但是不同就不同，吃起来的确有地中海的海鲜味，不过东西很贵，你老远来，价钱不是一个问题。”

“泰国菜呢？”友人问，“今天天气很热，没什么胃口，想吃刺激一点的。做得和泰国一样吗？”

“做得比泰国好。”

“这话怎说？”友人问。

“举一个例子。”我说，“像冬阴功，在泰国吃到只是一般海虾做材料，香港人懂得什么叫豪华奢侈，用龙虾做材料。”

“那么吃海鲜吧！”友人决定，“香港的海鲜，一定天下最好。”

我说：“这句话二十年前不错，但是现在的海鲜都不是本地鱼，本地鱼已经吃光了，由世界各地运来，老鼠斑已不是真正的老鼠斑，没那股沉香的幽香味。连一尾鳜鱼都是养的。从前的鳜鱼，还没拿到桌上已先闻到鱼香，现在的只有一股石油味和泥味。不过话说回来，蒸鱼的功夫，还是其他地方不能比的。”

“非洲菜呢？”友人问，“香港什么菜都做得好，连非洲菜也不错吧？”

“非洲人是为了生存而吃，不是为了美食而吃。”我说，“食物是一种培养出来的文化，要有长远的历史，也要靠土地的肥沃，不是魔术可以变得出来的。”

死前必食

在书店看到一本叫《死前必游一千地》(*1000 Places to See before You Die*)的书，引起我写这篇“死前必食”的散文。

人生做的事，没有比吃的次数更多。刷牙洗脸，一天最多两次，吃总要三餐。性爱和吃一比，更是少得可怜。

除非你对食物一点兴趣也没有，好吃的人就算有五十年懂得欣赏，早上两个菜，中午五个，晚上十个，十七道乘三百六十五，再乘五十，是个天文数字。

这么多种食物之中，要谈的何止一千种？我根本不能想象天下有多少的美食，几世人也绝对吃不完，只能在我的记忆中找出几个，怕杂乱无章，先以鱼、贝、菜、肉、果、豆、藻、谷、芋、香、卵、茸、实、面、腌、酪、泡为顺序。

鱼的种类无数，但是一生人非试不可的是河豚。当今有人研究出养殖没有毒的河豚，怕死可以由此着手。吃呀吃呀，你就会追求剧毒的。那种甜美，是不能以文字形容，非自己尝试不可，曾经有个出名的日本歌舞剧演员吃河豚毒死，但死时是笑着的。

贝壳类之中，鲍鱼必食，它的肠最佳。潮州人做的炭烧响螺是一绝，片成薄片，入嘴即化。龙虾之中，有幸尝过香港本地的，那么你就不会去吃澳大利亚或波士顿龙虾了。

菜类之中，豆芽为首。法国的白芦笋不吃死不瞑目。chicory（菊苣）带苦，也是人生滋味之一。西湖莼菜很滑。各种腌制的萝卜之中，插在酒槽内泡的Bettara tsuke（酱萝卜）甜入心，百食不厌。

肉只有羊了。没有一个懂得吃的人不欣赏羊肉。古人说得好，羊不膻无味。南斯拉夫的农田中，用稻草煨烤了一整天的羊，天下绝品。

果以榴梿称王，日本冈山县的水蜜桃不容错过。

豆类制成品的豆腐菜，以四川麻婆为代表，每家人做的麻婆豆腐都不同。一生人之中，一定要去原产地四川吃过一次，才知什么叫豆腐。

藻类可食冲绳岛的水云，会长寿，冲绳岛人皆高龄，有此为证，用醋腌制得好的话，很美味。

谷类之中，白米最佳，一碗猪油拌饭，吃了感激流泪。什么？你不敢吃猪油？那没得救了。

芋头吃法，莫过于潮州人的反沙芋，松化甜美。芋泥更要磨得细，用一个削了皮的南瓜盛着，再去炖熟。当今还剩下几位老师傅会做，不吃的话就快绝种了。

香代表香料，印度咖喱最好吃。咖喱鱼头固佳，咖喱螃蟹更好。在印度果阿做的咖喱蟹，是将蟹肉拆出来和咖喱煮成一团的，其香无比。

卵有千变万化的吃法，削法国黑松露菌做奄姆列，死前必尝。至于完美的蛋，是将一个碟子抹上油，烧热，打一只蛋进去，烧到熟为止，每一个人对熟的程度，要求皆不同，不是餐厅可以吃到，要自己做。

鱼子酱则要抓到巨大的鲟鱼，剁肚后取出，下盐。太多盐死咸，太少盐会败坏。天下只有五六个伊朗人会腌制。吃鱼子酱，非吃伊朗的不可，俄罗斯的不可相信。但也只有在伏尔加河畔，才能吃到生剁出来的，盐自己加，一大口一大口送，人生享受，止于此。

乌鱼子则要选希腊岛上的，用蜡封住，最为美味，把日本、中国台湾、土耳其的，都比了下去。

茸有日本松茸，切成薄片在炭上烤，用的是备长炭，火力才够猛够稳定，又不生烟。松茸只有日本的才香甜，韩国、中国的都不行。

意大利的白菌，削几片在意粉上面，是完美的。

实的贵族是松子。当今到处可以买到，并不稀奇，好过吃花生一百倍。撒哈拉沙漠中的蜜枣，也是一流的。

面则以私人口味为重，认为福建炒面为好。在福建已吃不到，只有吉隆坡茨厂街中的金莲记炒得最佳。为此，去吉隆坡一趟，值回票价。

腌则以火腿为代表。金华火腿中的肥瘦部分，一小块可以片成四百片，香港的华丰烧腊店中可以买到。

意大利的帕尔马火腿生吃，最好是给意大利乡下佬请客，摆一张餐桌坐在果树下，火腿端来，伸手去摘头上的水果一齐吃，才是味道。

至于西班牙的黑猪火腿，不能片来吃，一定是切成丁，在巴塞罗那吃，就是这种切法。

酪是芝士，在意大利北部的原野上，草被海水浸过，带咸，羊吃了，生咸乳汁，再做出来的芝士，吃得过。

泡是泡菜，以韩国人的金渍[①]做得最好，天下最最美味的金渍，则只能在朝鲜才找得到。他们用鱼肠、松子夹在白菜中，加大量蒜头和辣椒粉，揉过后放在一边。这时把一个巨大的二十世纪水晶梨挖心，将金渍塞入，雪中泡个数星期，即成。

要谈的话，再写十篇、数十篇或数百篇都不够。天下美食，

---

① 金渍：即韩国泡菜，“金渍”是韩语“泡菜”（kimchi）一词的音译。——编者注

可写成一套像《大英百科全书》[1]的字典。尽量吃最好的，也不一定是最贵的。愈难找愈要去找。吃过之后，此生值矣，再也不必说死前要吃些什么，也不必忌讳提到死，你已经不怕死了。

① 《大英百科全书》：即《不列颠百科全书》（*Encyclopedia Britannica*）。——编者注

一桌斋菜

最近有缘认识了一群佛家师父，带他们到各斋铺吃过，满意的甚少，有机会的话，想亲自下厨，做一桌素食孝敬孝敬。

“你懂得吃罢了，会做吗？”友人怀疑。

我一向认为欣赏食物，会吃不会做，只能了解一半。真正懂得吃的人，一定要体验厨师的辛勤和心机，才能领略到吃的真髓。

“是的，我会烧菜，做得不好而已。”我说。

“你写食评的专栏名叫‘未能食素’，这证明你对斋菜没有研究，普通菜色你也许会做几手，烧起斋来，你应付得了？”友人又问。

《未能食素》是题来表现我的六根不清净、欲念太多罢了，并不代表我只对荤菜有兴趣。不过老实说，自己吃的话，素菜和荤菜给我选择，还是后者。贪心嘛，想多一点花样。

斋就斋吧！我要做的并非全部是自己想出来的，多数是以前吃过，留下深刻印象，当今将之重温而已。

第一道小菜在功德林尝过，现在该店已不做的“炸粟米须”。向小贩讨些他们丢掉的粟米须，用猛火一炸，加芝麻和白糖而成。就那么简单，粟米须炸后变黑，看不出也吃不出是什么东西，但很新奇可口。将它演变，加入北京菜的“炸双冬”做法，用冬笋和珍珠花菜及核桃炸得干干脆脆，上面再铺上粟米须，这道菜相信可以骗得过人。

接着是冷盘，用又圆又大的草菇。灼熟，上下左右不要，切成长方片；再把新界芥蓝的梗也灼熟，同样切为长方，铺在碎冰上面，吃时点着带甜的壶底酱油，刺身吃法，这道斋菜至少很特别。

做多一道凉菜，买大量的羊角豆，洋人称之为“淑女的手指”。剥开皮，只取其种子。另外熬一大锅草菇汁来煨它，让羊角豆种子吸饱，摊冻[1]了上桌，用小匙羹一羹细嚼，羊角豆种子在嘴中咬破，“噗”的一声流出甜汁，没尝过的人会感觉稀奇吧。

接着是汤了，单用一种食材：萝卜。把萝卜切成大块，清水炖之，炖至稀烂不见为止。将萝卜刨成细丝，再炖过。这次不能炖太久，保持原形，留一点脆嫩的口感，上桌时在面上撒夜香花。

事先熬一锅牛肝菌当上汤，就可以用来炆和炒其他材料了。

买一个大白菜，只取其心，用上汤熬至软熟，用意大利小型

---

① 摊冻：粤语指把食物放凉。——编者注

的苦白菜做底，生剥之，铺成一个莲花状，再把炆好的白菜装进去，上面刨一些帕尔马芝士碎上桌。

芝士，茹素者是允许的，买最好的水牛芝士，切片，就那么煎，煎至发焦，也是一道又简单又好吃的菜。

油也可起变化，放弃无味的粟米油，用初榨橄榄油、葡萄籽油、葵花子油或腌制过黑松露菌的油来炒蔬菜，更有一番滋味。

以食材取胜，用又甜又脆的芥蓝头，带苦又香的日本菜花，甚有嚼头的全木耳，吸汁吸味的荷叶梗等等清炒，靠油的味道取胜。

苦瓜炒苦瓜，是将一半已经灼熟，一半完全生的苦瓜一齐炒豆豉，口感完全不同。

把豆腐渣用油爆香，本来已是一道完美的菜，再加鲜奶炒。学大良师傅的手法炮制，将豆腐渣掺在牛奶里面炒，变化更大。

这时舌头已觉寡，做道刺激性的菜佐之。学习北京的芥末墩做法，把津白[①]用上汤灼熟，只取其头部，拌以酱料。第一堆用黄色的英国芥末，第二堆用绿色的日本山葵，第三堆是韩国的辣椒酱，混好酱后摆回原形，三个白菜头有三种颜色，悦目可口。

轮到炖了，自制又香又浓的豆浆。做豆浆没有什么秘诀，水兑得少，豆下得多，就是那么简单。在做好的浓豆浆中加上新鲜的豆腐皮，炖至凝固，中间再放几粒绿色的银杏点缀一下，淋四

---

① 津白：白菜的一个品种。——编者注

川麻辣酱。

已经可以上米饭了，用松子来炒饭太普通，不如把意大利粉煮得八成熟，买一罐磨碎的黑松露菌罐头，舀几匙进去油拌，下点海盐，即成。再下去是意大利白松露菌长成的季节，买几粒大的削成薄片铺在上面，最豪华奢侈。

最后是甜品。

潮州锅烧芋头非用猪油不香，芋头虽然是素，但已违反了原则，真正斋菜连酒也不可以加，莫说动物油了。

只能花心机，把大菜膏溶解后，放在一锅热水上备用，这样才不会凝固。云南有种可以吃的茉莉花，非常漂亮，用滚水灼一灼，摊冻备用。

这时，用一个尖玻璃杯，把加入桂花糖的大菜膏倒一点在杯底，花蒂朝下，先放进一朵花，等大菜膏凝固，在第二层放进三朵，以此类推，最后一层是数十朵花，把杯子倒转放入碟中上桌，美得舍不得吃。

上述几道菜，有什么名堂？我想不出。最好什么名都不要。我最怕太过花巧的菜名，有的运用七字诗去形容，更糟透了。最恐怖的还是什么斋乳猪、烧鹅、叉烧、卤肉之类的名称。心中吃肉，还算什么斋呢？

求　精

地球上那么多国家，有那么多的食物，算也算不完。大致上，我们只可分为两大类：东方的和西方的，也等于是吃米饭的和吃面包的。

“你喜欢哪一种，中餐还是西餐？”

这个问题，已不是问题，你在哪里出生，吃惯了什么，就喜欢什么，没得争拗，也不需要争拗。

就算中餐千变万化，三百六十五日，天天有不同的菜肴，而你是多么爱吃中餐的西方人，连续五顿之后，也总想锯块牛扒，吃片面包。同样，我们在法国旅行，尽管生蚝多么鲜美，黑松露菌、鹅肝酱那么珍贵，吃了几天之后总会想：“有一碗白饭多好！”

我们不能以自己的口味，来贬低别人的饮食文化，只要不是太过穷困的地方，都能找到美食。而怎么去发掘与享受这些异国的特色，才是作为一个国际人的基础。拼命找本国食物的人，不习惯任何其他味道的人，都是一些可怜的人。他们不适合旅行，只能在自己的国土终老。

做人有能力改变生涯，但他无法决定自己的出生。我很庆幸长于东方，在科技上也许赶不上欧美，但是对于味觉，自感比西方人丰富得多。

举一个例子，我们所谓的三菜一汤，就没有吃个沙拉、切块牛扒那么单调。

法国也有十几道菜的大餐，但总是一样吃完再吃下一样，不像东方人把不同的菜肴摆在眼前，任选喜恶那么自由自在。圆桌的进食，也比在长桌上，只能和左右及对面人交谈来得融洽。

说到海鲜，我们祖先发明的清蒸，是最能保持原汁原味的烹调。西方人只懂得烧、煮和煎炸，很少看他们蒸出鱼、虾、蟹来。

至于肉类和蔬菜，生炒这个方法在近年来才被西方发现。“stir-fried”（炒）这字眼从前没见过，我们的铁锅，广东人称之为“镬”，他们的字典中没有这个器具，后来才以洋音“wok”安上去的，根本还谈不到研究南方人的“镬气”，北方人的“火候”。

炖，西方人说成“双煮”（double boiled），鲜为用之。所以他们的汤，除了consomme（清汤）之外，很少是清澈的。

拥有这些技巧之后，有时看西方的烹调节目，未免不同意他们的煮法，像煎一块鱼，还要用支汤匙慢慢翻转，未上桌已经不热。又凡遇到海鲜，一定要挤大量的柠檬汁辟腥等等，就看不惯了。

但东方人自以为饮食文化悠久和高深，就不接触西方食材，眼光也太过狭小。最普通的奶酪芝士，不能接受就是不能接受，这是多么大的一种损失！学会了吃芝士，你就会打开另一个味觉的世界，享之不尽。喜欢他们的鱼子酱、面包和红酒，又是另外的世界。

看不起西方饮食的人，是短视的。这也和他们不旅行有关，没吃过人家好的东西，怎知他们多么会享受？

据调查，香港的食肆之中，停业得最快的是西餐店，这与接触得少有极大的关系。以为他们只会锯扒，只会烟熏鲑鱼，只会烤羊鞍，来来去去，都是做这些给客人吃，当然要执笠了。

中国人的毛病出在只求学会，而不求精。一代又一代的饮食文化流传了下来，但从没有什么大突破。近些年因广东菜卖贵货符合暴发户爱面子的心态而普及，本身的基础，已开始动摇。

模仿西餐时，又只得一个外形，没有神髓。远的不说，邻近越南煮的河粉，汤底是多么重要！有一家人也卖河粉，问我意见，我试了觉得不行，建议他们向墨尔本的勇记学习，但他们怎么也听不进去。虽然这家人的收入还是不错，但如果能学到勇记的一半，就能以河粉一味著名，更上一层楼了。

我对日本人的坏处多方抨击，但对他们在饮食上精益求精的精神倒是十分赞同。像一碗拉面，三四十年前只是酱油加味精的汤底，到现在百花齐放，影响到外国的行业，也是从中国的汤面开始研究出来的。

西方和东方的烹调，结合起来一点问题也没有，错在两方面的基本功都打得不好，又不研究和采纳人家成功的经验，结果怎么搞都是四不像，fusion（融合）变成confusion（混乱）了。

一般的茶餐厅，也是做得最美味那家，生意最好。要开一家最好的，在食材上也非得不惜工本不可。香港的日本料理，连最基本的日本米也不肯用，只以什么樱城牌的美国米代替，怎么高级也高级不来。白饭一碗，成本多少，怎么不去想一想？

掌握了蒸、炖和煮、炒的技巧，加入西方人熟悉的食材，在外国开餐厅绝对行，就算炒一两种小馔给友人吃，也是乐事。别以为我们的虾生猛，地中海里头都黑掉的虾比我们游水的美味得多，用青瓜、冬菜和粉丝来半煎煮，一定好吃。欧洲人吃牛扒，也会用许多酱料来烧烤，再加上牛骨髓，更是精细。我们用韩国的腌制牛肉方法生炒，再以蒜蓉爆香骨髓，西方人也会欣赏。戏法人人会变，求精罢了。

猪油万岁论

老友苏泽棠先生，读了八月十六日的《国际先驱报》中一篇赞美猪油的文章，即刻剪下寄给我，说想不到“猪油万岁论”竟有洋人在纽约发表，中西互相辉映。

谢谢苏先生了。对于猪油的热爱，和许多老一辈的人一样，来自小时候吃的那碗猪油拌饭。在穷困的年代中，那碗东西是我们的山珍海味，后来生活环境好的孩子不懂，夏虫语冰。

在繁荣稳定的社会中，猪油已被视为“剧毒”，它是众病根源，活生生的胆固醇，一碰即死。

也许是肥胖的猪给人的印象吧？猪油真是没那么坏，相信我，我吃到现在已六十年，一点毛病也没有。

你坚持吃健康的植物油？我也不反对，我只是说植物油不香而已。

什么叫健康的油呢？

任何油都不健康，要是吃得太多的话。但一点油也没有，对身体只有害处。

经济转好的这二三十年来，餐厅所用的油几乎清一色是植物油。问侍者是否可以用猪油来炒一炒，即刻看到脸有难色的讨厌表情："不，不，我们是不用猪油的。"

唉，好像走进了一间素菜馆。

吃植物油就那么安全吗？

只吃植物油会促使体内过氧化物增加，它与人体蛋白质结合，形成脂褐素，在器官中沉积，会使人衰老。此外，过氧化物增加还会影响人体对维生素的吸收，增加乳腺癌、结肠癌的发病率。

这是专家们提供的资料，我们常人，不知什么叫过氧化物，也不懂得什么叫脂褐素，但是长期食用植物油，老人斑就生得多，就是那么简单。

我们虽然不想再用专家术语来混淆各位对油的认识，但请容忍一下，要听一听脂肪的组织。

脂肪酸包括三类：一、饱和脂肪酸（动物油较多，在常温下会凝固）。二、多不饱和脂肪酸（植物油较多，所以在冬天也还是保持液体状态）。三、单不饱和脂肪酸（可以降低血液中有害的胆固醇）。

这三种脂肪酸同等三角形，互相依靠，缺一不可。只有当体内三种脂肪酸的吸收量达到一比一比一的比例时，才是完善的营养。

如果饱和脂肪酸过多，像吃大量的猪油、牛油，体内的胆固醇增高，高血压、冠心病、糖尿病跟着来。

要是单或多不饱和脂肪酸过多，像整天吃粟米油或所谓最好的橄榄油，它们在人体里面会产生过氧化物，有致癌的潜在作用，摄入过量，对身体不利。

任何一种油都不可能提供全面的营养。

但是，猪油是最香的，那不容置疑。

至于动物油，牛油的饱和脂肪酸占六十六个巴仙，猪油只有四十一。

至于有用的抗胆固醇的单不饱和脂肪酸，猪油有四十七个巴仙，粟米油只有二十五。

好了，我们看洋人把牛油大量地涂在面包上，吃西餐时，我们也照做，一点不怕，还觉得有点假洋鬼子的味道，这是什么天理？

吃斋时，厨子把蔬菜或豆腐皮炒得那么油腻，虽说花生油的饱和脂肪酸只有十八巴仙，而猪油有四十一，但分量加倍的话，也等于在吃猪油呀！

简单来说，植物油对预防血压高和心脏病确有帮助。但是，它们在烹调过程中容易产生化学变化，产生致癌性。动物油较为稳定，致癌性较小。我们别只吃一种油，今天植物油，明天动物油，也很健康的。

最可怕的，应是经过提炼的植物油，美国已开始禁止。在美国超市中有许多所谓“处理”过的植物油，可以除去难闻的气味，还说能消除种子中的有害物质，但这些处理过的油，有益的成分也被处理掉了，而在处理过程中，产生致癌可能性增高，非常危险。

有一份调查，集中了北京四十个一百岁以上的老人，问他们的饮食习惯，大多数寿星公都说喜欢吃红烧肉，而且几乎天天都吃，所以说难道猪油是什么可怕的东西吗？

做调查的人进一步实验，发现经过长时间文火烧出来的肉，脂肪含量低了一半，胆固醇也减少了五十个巴仙，对人体有益的多不饱和脂肪酸却大量增加。

吃惯猪油的人如果一下子转向全部植物油或一点肥肉都不吃的话，长期低胆固醇会导致食欲不振，伤口不易愈合，头发早白，牙齿脱落，骨质疏松，营养不良等等毛病，那才可怕呢。

猪油对皮肤的润滑，确有好处，而且能保暖。小时候看横渡英吉利海峡的纪录片，参赛者都在身上涂上一层白白的东西，那就是猪油了。

在英国，最高贵的“淑女糕点”（Lady cake），也用大量猪油，法国人的小酒吧中，有猪油渣送酒。墨西哥的菜市场里，有一张张的炸猪皮。猪油的香味，只有尝过的人才懂得，他们偷偷地笑：“真好吃呀！真好吃呀！”

开间什么餐厅？

开间什么餐厅？不如来家国际性的，卖些什么才好呢？

每一个国家都有自己的美食，但是你们吃得惯的，可能并非我所喜，要找出一个共同点是从诸多的菜式淘汰出来，剩下的只有十几二十道，但都会被大家接受的。

像香港最地道的云吞面吧，你去到任何国家的酒店，半夜叫东西来房间吃，都有这一道汤面。当然，在西方，更普遍的是三明治和意大利粉。

咖喱饭也很受欢迎，在胃口不好时，它是恩物。不过一般人都喜爱的，还是海南鸡饭，不然来碗叻沙也很不错。

最好的，当然是越南粉了。

但是，酒店里的客房送餐永远不好吃。为什么？做得不正宗呀！当地师傅可能没出过门，也不知道什么叫沙嗲或印尼炒饭，反正总厨叫做什么就什么，有一条方[1]呀，流水作业罢了。

要做得出色，必需一个真正了解各国饮食文化的人来当质量管理。每一种菜，用的是什么食材，不能马虎，连柴米油盐，都得从原产地运来，不这么一点一滴坚持，就走味了。

持有一个原则，那就是要连原产地的人来吃，也觉得好。

先从云吞面说起，云吞不可太大粒，也不能尽是虾，猪肉的肥瘦要恰到好处，面条要选最高质量的爽脆银丝面，汤底要够浓，大地鱼味不可缺少。

用最原始的“细蓉”方式上桌，碗不太大，面小小一箸，云吞数粒垫底，加支调羹，让面浮在碗上。分量宁可少，价钱卖得便宜也不要紧，吃不够可叫两碗，利润更高。

延伸下去，再卖虾子捞面，用上等虾子，也花不了太多本钱，撒满面可也。又有牛腩，采取带肉皮的“坑腩”部分，煲至最软熟为止。

三明治的蛋、芝士或火腿，除了选上等货，分量还要多得溢出来，给客人一个不欺场的感觉，那么小的一块面包，包的食材不可能很多，要给足。

意大利粉当然用意大利的，按照说明书的时间去煮，不能迁就吃不惯的客人弄得太软，意大利人吃硬的，就要做硬的，西红

---

① 方：粤语中指公式。——编者注

柿酱、芝士、橄榄油和老醋，都要原地进口。

海南鸡饭不可用冰鲜或冷冻鸡，要当天屠宰的，不然一看到骨髓黑色，即穿崩[1]。鸡煮后把鸡油和汤拿去炊饭，不可太软熟，要每一粒饭都见光泽。保持不去骨的传统，客人不在乎啃它一啃。浓酱油，用鸡油爆制的辣椒酱和生姜磨出来的蓉，都要按当地规矩去做。

叻沙分两种，新加坡式的和槟城式的，前者一定要加鲜蚶，椰浆要生磨，不可用罐头的；后者必用槟城虾头膏，酸子[2]、菠萝和香叶不能缺少。

越南粉的汤底最重要，尽用牛骨熬是不行的，要加鸡骨才够甜，洋葱和香料大量，这是专门的学问，秘方可参考墨尔本的勇记。

咖喱则采取日本式的，这么多年来，他们把咖喱粉研究得出神入化，不是太辣，嗜辣者可另加，用上等的神户牛肉当原料。

说到牛肉，其实了解货源，成本并非很高，客人要吃牛肉，为什么不给他们最好的？

至于日本米，价钱即使比其他米贵，但白饭能吃多少？应该用炊出来肥肥胖胖，每一粒都站着的。

---

① 穿崩：内地多作“穿帮”，意为出丑、露馅儿。——编者注

② 酸子：又名酸角、酸豆，豆科酸豆属植物。——编者注

用来做寿司也好，做那种用最新鲜鱼虾铺满的chirasi sushi（散寿司）。

还供应多款的送饭小菜，成本贵的可以卖，便宜的奉送好了，像蒜、葱。更有多种下酒的零食：沙嗲、yakitori（日式烤鸡串）、啰惹、春卷、虾片等等。

一般老板都把利润定得很高，但是如果把利润一部分花在食材上面，让客人满足，转台次数较多了，纯利不会减少。

餐厅内部，干净、大方、光猛，是最重要的，不必花钱在无聊的豪华的装修上面，桌面可以做成长形，像伦敦的WAGAMAMA或国泰的商务舱候机楼那种设计。

桌面可改为大理石的，不必太厚，把灯藏入，光源从下面射出，非常柔和。大理石材用云南产的，成本不会太高。

每一条长桌前面或后面站着一位服务员，下单后，仔细观察客人的需要，用无线通话关照厨房人员奉上。

厨房方面，食材愈是高级，要求的厨技愈少，把处理的次序用照片拍下，钉在墙上，不会弄乱。

主要是质量控制，不合格的不能上桌。久而久之，把年轻人操练熟了，就不必受师傅的气。

进货的要高手，分量算准了就不浪费，也容易控制，一份东西用多少斤菜和肉，不会流失。

研究了开餐厅多年，认为“平、靓、正”三个字，是永远不会错的，其中一字缺少，毛病就跑出来了，像贵货要卖贵价，以为理所当然，但也有客人吃不起的风险。东西好，价钱意外地便宜，才是正途。

一切计算完善，还是有风险，做任何生意都有风险，但是不做就不知道。我常说：“做，机会五十五十；不做，机会是零。你遇到一个美女，大胆前去搭讪，被拒绝最多是一个白眼。光看，让她走过，永远后悔。”

味精随想

味精，学名为谷氨酸钠（Mono Sodium Glutamate），英文简称为MSG。中国厨艺界中还有一个别名，叫它为“师傅”。

它是一种能够增添食物鲜味、刺激味蕾的东西。府上食物中，多多少少都有一点味精，像我们煲黄豆汤，感觉到甜，就是味精在起作用。

怎么制造的呢？最早期用海带提炼，产量少；中期由大豆和面筋得来，也只有原料重量的四分之一左右；后期大量生产，从蔗糖取得。过程十分复杂，并非一般人所能一一了解，要研究的话可先取博士学位。

友人之中，有两个极端的反应：石琪兄对味精非常过敏，一吃后心跳加速，脸红耳赤，口干舌燥；倪兄试了大叫“好嘢”，自称他们江浙人吃味精长大，非常可口。

有些人还说吃味精可以致癌呢，在二十世纪七八十年代争论尤甚，“中国餐厅症候群”更是听了令人生畏的一个名词。

到了一九九二年，美国食品药品管理局才正式宣布味精对人体是无害的。这一来，我们都可以放心食用，味精也得到它应得的地位。

当今，全球有二十个国家生产味精，年产量达到四十万吨了。

但是为什么还有人一碰就完蛋？这些人体质过敏，是无药可医的。像倪兄有一洋女婿，身材高大，是位国家潜水员，他来香港，只吃错了一粒花生，人即刻倒下，又怎么说呢？

我见过吃味精吃得最厉害的，就是四川人。他们爱吃辣喜啖麻，但一碰到略为咸的东西，就大叫：“咸死人也！”

甜的也很受他们欢迎，尤其是“鲜”这个字，因为又麻又辣把他们的味蕾都杀死了。遇到鲜，如获至宝，吃火锅时，先来一个碗，添一匙味精进去，再倒点汤，从此把鱼和肉烫熟后就往味精水中浸，吃个不亦乐乎。

未尝过味精的人，试了也会惊为天人。好友导演桂治洪，在美国的墨西哥人区开了一家薄饼店，生意滔滔，墨西哥人吃了他的薄饼感到十分甜美，皆因下大量味精之故。他说：“薄饼吃完大为口渴，可乐又能卖得多了。”

我在墨西哥城拍电影时，住了一年，和尚袋中也藏了一瓶味精。和工作人员一块儿进食时，常撒一点在他们的食物上，大家都纷纷向我索取这瓶神奇的东西，我就是不给。

和倪兄一样，我对味精并不反感，生命之中也只有过一次味精中毒。那是在台北街头吃早餐的时候，久未到台湾，看到小贩卖的切仔面、鱿鱼粳、蚵仔面线等等，每一摊都叫一碗来吃，那么多，只能吃一小口。刚好小贩在食物上都撒一茶匙味精，我吃得满口都是，结果心跳加速、头昏、口渴，差点便到医院求救。

在日本生活那八年，也是每天接触到味精，他们的味噌汁，虽说是用柴鱼和昆布熬出，但主要的还是下了味精。

当今大家对味精嫉恶如仇，但认为日本人的出汁粉（dashi）[①]没问题，其实还不是味精做的？更有一些大厨，骄傲地宣布：“我从来不用味精，只加鸡粉！”

鸡粉不是味精是什么？笨蛋！

家母刚去世，为老人家吃素，到了斋菜馆，吃到的东西都是味精，下味精的手势惯了，很难改的。

还是印度斋菜好吃，印度人不懂得用味精，在咖喱中下点糖算了。我做菜，也尽量学印度人，如果要鲜甜一点，就用糖了！

很多人吃方便面，看到那一小包粉末，即刻大叫味精而丢掉，

---

① 出汁粉（dashi）：“出汁”在日语中有“高汤”的意思，“出汁粉”也被称为“日式高汤粉”。——编者注

结果泡出来的面淡出鸟来，一点也不好吃。我做方便面时，也把那包粉弃之，但我先用虾米或小江鱼干熬了汤，有了鲜甜，才能放弃“师傅”。

因为怕味精，很多人找出代用品，什么甘草汁、草菇汤等，更有人用甜菊叶，它很甜，可是发现会致癌，结果不敢用之。但日本人不吃这一套，很多食物里都有甜菊叶，别以为他们的东西很安全。

其实，味精是在一九〇八年由日本人池田菊苗发明，历史并不长。从前的人要提起鲜味，用的是什么呢？答案最简单，用上汤呀。

什么叫上汤？一斤肉熬出一斤汤来，就是上汤了。通常大厨会用老母鸡来熬上汤，炒什么菜都加上几匙。如果你怕味精，那么照做可也，可惜当今的人都没有工夫，买包家乐牌鸡粉泡上汤好了，该死！

对味精敏感的人，我有一建议，那就是熬大豆汤了，买几斤大豆，也不要几个钱。洗干净后，用一大锅水煮三四个小时，剩下汤汁可以用玻璃罐装起来，放进冰箱，做任何菜都可以加点进去，一定甜美。味精也是由大豆提炼出来的呀。

味精，日本人通称味之素。有个小故事：最早的味之素用铁罐装着，备有一挖耳勺般的小匙，只下一点，那么一大罐可用很久，销路不佳。最后有一个职员把那胡椒瓶似的容器，洞开大几倍，一撒就是很多，结果营业额增加，这个人被升为该公司的经理。

我曾经问过味之素公司有没有这一回事？得到的官方回复是：“没听过。”

无酱不欢

余，好色也。这个色，可作《心经》中的“色”，也能说成“色彩鲜艳”的“色”。但当然，最后还是指男欢女爱的色。传宗接代的使命，堂堂皇皇，何必羞耻？

好色，广东话说成“咸湿”，但这两个字，在潮州话中则解释为“孤寒”。我本人的爱好，是指前者，后者一点也搭不上关系。也一早宣告余之好色，免得其他人猜疑。

在餐厅吃东西时，女侍者为我在小碟中倒酱油，我一定会向她说：“多倒一点，我吃得又咸又湿。”

对方一定笑了。

的确，我吃得很咸，嫌一般菜不够味，必点酱油不可。我的“无酱不欢”指的酱，不是花生酱或XO酱，而是原原始始的酱油的酱，非常咸。其中也包括了同样是提供了咸味的鱼露，北方人则叫为“虾油”。

为了证明我的确爱酱油，你可以到我厨房看看，一打开柜子，其中至少有数十瓶不同的酱油和鱼露，令人叹为观止。书架上，还有数本《如何制造酱油》的书，有朝一日，移民到充满阳光和橙的加州，就自己做起酱油来。

我一向认为做什么菜用什么酱油，不能苟且。海外开中国餐厅，广东菜用广东酱油，北方菜用北方酱油，一定经由厨子的故乡运到，一用不同的，马上变得不像样了。而且，酱油并非贵货，老远运来也不花几个钱，这也能代表做菜的认真，不可缺少。

我家的酱油，最常用的是新加坡产的大华酱油，当地人叫生抽为"酱青"，老抽为"豆油"。我在新加坡出生，做起家乡菜，我得用那边的酱油了。

另一种爱用的是日本酱油，我在那里生活了八年，多少受影响。从"万"字牌最普通的酱油用起，到点鱼生吃的"溜"（tamari）酱油，至少有数十瓶。"溜"是壶底酱油的意思，味道带点点甜，用来点鱼生。而我做中国菜有时也用日本酱油，主要是日本酱油经过火煮，也不变酸，做红烧肉最为适合。

来到香港，当然蘸香港酱油了，九龙酱园的产品，我经常有五六瓶备用。广东人才分生抽和老抽的，其他地方人根本听不懂，只知一种是浓一种是淡，讲起第一次由豆浆中挤出来的"头抽"，他们听了更摸不着头脑。

当然有很多其他牌子，但是九龙酱园是可以代表香港的，它的老抽非常之香浓，而且带有甜味，比日本人的“溜”好得多。至于生抽，也很有水平。

香港的食材，有九成以上靠内地运来，酱油也不例外。来到香港，第一次接触到的内地酱油，就是草菇酱油了，它是属于又黑又浓的老抽品种，有没有加草菇可吃不出。带甜，糖是一定下了，我也爱用至今。

我吃的酱油并不一定是一味死咸。带甜的，不管是天然由豆中产生，或者加糖，我都不介意，全喜欢。

“甜”这个字，广东人有时作“甘”，这个“甘”并非一味指甜，像吃苦瓜时吃出的美味，也叫“甘”。名副其实的“甘”的酱油，我也爱吃。台湾民生食品工厂制造的壶底酱油，是我餐桌上必备的其中一种，它下了甘草，所以有甘味，一瓶小小的，像Tabasco（塔巴斯科辣椒酱）那么大，卖得相当贵。有次我自己用甘草和普通生抽来炮制，也有同一效果。不过酱油能吃多少呢？贵就贵吧，到台湾旅行时就入货，没有断过。最近这公司又出产了一种叫“炭道”的系列，说是用青仁黑豆，经长时间发酵，以特殊酿造方法，取壶底油浓缩之纯正壶底油精云云。说了老半天，还是在酱油中加了甘草和糖罢了。

餐桌上另一小瓶，是越南的鱼露，双鱼牌（Hanh Phuc），有六十巴仙的浓度，倒出来黐黐黐的，像糖浆，味道十分强烈，不是一般人受得了的。如果你嫌太腥，那么买泰国的鱼露好了，我也时常用，要认明是蓝象牌（Blue Elephant）才好。

香港的鱼露厂已快绝灭了吧？从前有好几种水平都很高，当今找不到了，仅存的有厨师牌鱼露，由李成兴鱼露罐头厂制造，味道属于泰国式的淡，不是越南式的浓。

做东南亚菜时，当然用当地酱油，像做印尼炒面，就得去买他们的ABC牌，具体品种叫作"Kecap Manis"，意思是甜酱油。印度尼西亚人最初不会分辨甜酱油和西红柿酱，所以名字上用了西红柿酱的同音词。印尼炒面少了它，就没有印尼味，不好吃了。因为它又甜又浓，价钱又便宜，许多卖海南鸡饭的铺子，都用印尼酱油来代替新加坡酱油。

其实鸡饭酱油是海南人做得最正宗，他们有秘方，不公布。我的鸡饭酱油是新加坡逸群鸡饭的老板送的。我们互相欣赏，因为我喜欢，他就给了我一个油桶那么多的酱油，吃到现在还用不完，真谢谢他。

酱油实在是一个非常有文化的国家的产品，非原始的盐可比。任何难吃的东西，有一点上等的酱油，都变成佳肴。但是，遇到巧手的主妇，根本不用点酱油，像妈妈这一类的人物做的，咸淡适中，酱油都失去了作用，不过当今能尝到不点酱油的菜，少之又少；所以，厨房中还摆着那么多瓶的酱油。

逐臭之夫

“逐臭之夫”字典上说，“犹言不学好下向之徒”，这与我们要讲的无关，接着又说，“喻嗜好怪癖异于常人”，就是此篇文章的主旨。

你认为是臭的，我觉得很香。洋人亦言：“一个人的美食，是另一个人的毒药。”实在是适者珍之。

最明显的例子就是榴梿了，强烈的爱好或特别的憎恶，并没有中间路线可走。我们闻到榴梿时喜欢得要命，但香港报纸上有一段新闻，说有六名意大利人，去到旺角花园街，见有群众围着，争先恐后地挤上前，东西没看到，只嗅到一阵“毒气”，结果六人之中，有五个被榴梿的味道熏得晕倒。此事千真万确，可以寻查。

中国的发霉食物特别多，有些省份，家家有个臭缸，什么吃不完的东西都摆进去，发霉后，生出碧绿色的菌毛，长相恐怖，成为美食。

臭豆腐已是我们的国宝，黄的、赤的都不吓人，有些还是漆黑的呢。上面长满绿苔，发出令人忍受不了的异味，但一经油炸，又是香的了。

很多人还嫌臭豆腐炸完味道跑掉，不如蒸的香。杭州有道菜，用的是苋菜的梗，普通苋菜很细，真想不到那种茎会长得像手指般粗，用盐水将它腌得腐烂，皮还是那么硬，但里面的纤维已化为浓浆，闻起来一股臭气攻鼻。用来和臭豆腐一齐蒸，就是名菜“臭味相投”了。

到北京之前，被老舍先生的著作影响，对豆汁有强烈的憧憬，找到牛街，终于在回民店里喝到。最初只觉一口馊水，后来才吃出香味，怪不得当年有一家名店，叫为“馊半街”。

不知者以为豆汁就是大豆磨出来，像豆浆，坏不到哪里去。其实只是绿豆粉加了水，沉淀在缸底的淀粉出现灰色，像海绵的浆，取之发酵后做成的，当然馊。什么叫馊？餐厅里吃剩的汤羹，倒入石油铁桶中，拿去喂猪的那股味道，就是馊了。

南洋有种豆，很臭，干脆就叫“臭豆”，用马来盏[①]来炒，尚可口。另有一种草有异味，也干脆叫“臭草”，可以拿来煮绿豆汤。引经据典，原来臭草，又名芸香。

这些臭草、臭豆，都比不上折耳根，有次在四川成都吃过，

---

① 马来盏：又称马拉盏、峇拉煎等，是东南亚地区的一种酱料。——编者注

不但臭，而且腥，怪不得又叫“鱼腥草”，但一吃上瘾，从此见到此菜，非点不可。食物就是这样的，一定要大胆尝试，吃过之后，发现又有另一个宝藏待你去发掘。

芝士就是这个道理，愈爱吃愈追求更臭的，牛奶芝士已经不够看，进一步去吃羊芝士，有的臭得要浸在水中才能搬运，有的要霉得生出虫来。

洋食物的臭，不遑多让，他们的生火腿就有一股死尸味道，与金华的香气差得远，那是腌制失败形成，但有些人就是要吃这种失败味。

其实他们的腌小鱼（anchovy）和我们的咸鱼一样臭，只是自己不觉，还把它们放进沙拉中搅拌，才有一点味道，不然只吃生菜，太寡了。

日本琵琶湖产的淡水鱼，都用发酵的味噌和酒曲来腌制，叫为“nukatsuke”，也是臭得要死。初试的外国人都掩鼻而逃，我到现在也还没有接受那种气味，但腐烂的大豆做的纳豆，倒是很喜欢。

伊豆诸岛独特的小鱼干，用室鲹鱼（muroaji）晒成，是著名的“臭屋”（kusaya）。闻起来腥腥的，不算什么，但一经烧烤，满室臭味，日本人觉得香，我们受不了。

虾酱、虾膏，都有腐烂味，用来蒸五花腩片和榨菜片，不知有多香！南洋还有一种叫“虾头膏”的，是槟城的特产。整罐黑漆漆，如牛皮胶一般浓，小食啰惹或槟城叻沙，少了它就做不成了。

“你吃过那么多臭东西，有哪一样是最臭的？”常有友人问我。

答案是肯定的，就是韩国人的腌魔鬼鱼，叫为“魟”，生产于祈安村地方，最为名贵。一条像沙发咕㗎[①]一样大的，要卖到七八千港币，而且只有母的才贵，公的便宜，所以野生的一抓到后，即刻斩去生殖器，令它变乸[②]。

传说有些贵族被皇帝放逐到小岛上，不准他们吃肉，每天三餐只是白饭和泡菜，后来他们想出一个办法，抓了魟鱼，埋进木灰里面等它发酵，吃起来就有肉味。后来变成珍品，还拿回皇帝处去进贡呢。

腌好的魟鱼上桌，夹着五花腩和老泡菜吃，一塞入口，即刻有阵强烈的阿摩尼亚[③]味，像一万年不洗的厕所，不过像韩国人说，吃了几次就上瘾。

天下最臭的，魟鱼还是老二，根据调查，第一应该是瑞典人做的鱼罐头，叫为“Surstromming”（鲱鱼罐头）。用鲱鱼做原料，生劏后让它发霉，然后入罐。通常罐头要经过高温杀菌，但此罐

---

① 咕㗎：粤语词，是英文“cushion”的音译，意为垫子、抱枕。——编者注

② 乸（nǎ）：粤语中指母的、雌性的。——编者注

③ 阿摩尼亚：英文“ammonia”的音译，意为氨、氨水。——编者注

免了，在铁罐里再次发酵，产生强烈的气味，瑞典人以此夹面包或煮椰菜吃。

罐头上的字句警告，开罐时要严守四点：一、开罐前放进冰箱，让气体下降。二、在家中绝对不能打开，要在室外进行。三、开罐前身上得着围裙。四、确定风向，不然吹了下去，不习惯此味的人会被熏昏。

有一个家伙不听劝告，在厨房一打开，罐中液体四溅，味道有如十队篮球运动员一齐除下数月不洗的鞋子，整个家，变成名副其实的“臭屋”。

做不成和尚

人生已进入另一个阶段，求平淡了。

出外旅行，不再对没有变化的菜式感到厌恶，有什么吃什么。但是晚餐一定要饱，不然半夜肚子饿，找消夜是烦事。

在家里，愈简单愈好，我经常做的是一碗白饭，热腾腾时挖一个洞，把细鱼干和葱蓉放进去，再用白饭盖之，烫得鱼有点软了，淋上头抽，搅拌后吃，满足矣。

再不然，就是用一包台湾干面条，水滚了，煮三分钟，用个大碗，放头抽和黑松露菌橄榄油，面条热后拌来吃，也是丰富的一餐了。

别以为这么一来，什么都不吃。到了餐厅，还是喜欢试各类未尝过的菜，如遇名厨，就当成艺术家来欣赏。

吃时总是那么一点点，试味道和厨艺。大鱼大肉的心态已无，除非是精彩万分，不然不会囫囵吞之。

总结起来，我对火锅还是保留批判的态度。虽然每次都觉不错，尤其是喝最后的浓汤，但是吃火锅并攀不上厨艺，只是把食物由生变熟而已。这么一说，四川人不以为然，大家都反对，更伤重庆人的自尊，把火锅从他们的生命中取走，简直不能活了。

但事实归事实，不管他们怎么说切功，吃的次序，调料的重要，还有汤底的层次，我还是不觉火锅有什么文化。

对外国人的白焓更无兴趣，什么海产给他们扔进大锅一煮，味道尽失，怪不得他们的词汇中，没有一个“鲜”字。

烧烤最原始，说到原始，我宁愿只吃三成熟，尚可试到更原始的生肉味。

一切都经历过，吃完了火锅、白焓、烧烤，知道是怎么一回事，再求厨艺，等到厨艺也熟悉了，才能回归平淡，但我这个矛盾的人，连斋菜也不喜欢，怎能平淡呢？

唉，还是想吃肉。和尚，是做不成的。

图书在版编目（CIP）数据

人生唯有美食不可辜负 / 蔡澜著. — 成都：天地出版社，2023.2
ISBN 978-7-5455-7200-1

Ⅰ. ①人… Ⅱ. ①蔡… Ⅲ. ①散文集－中国－当代 Ⅳ. ①I267

中国版本图书馆CIP数据核字（2022）第137584号

RENSHENG WEIYOU MEISHI BUKE GUFU

人生唯有美食不可辜负

出品人 陈小雨 杨 政
作　者 蔡 澜
责任编辑 吕 晴 柳 媛
责任校对 马志侠
封面设计 V 霄
责任印制 王学锋

出版发行 天地出版社
（成都市锦江区三色路238号 邮政编码：610023）
（北京市方庄芳群园3区3号 邮政编码：100078）
网　址 http://www.tiandiph.com
电子邮箱 tianditg@163.com
经　销 新华文轩出版传媒股份有限公司

印　刷 天津融正印刷有限公司
版　次 2023年2月第1版
印　次 2023年2月第1次印刷
开　本 880mm×1230mm 1/32
印　张 9
插　页 8P
字　数 182千字
定　价 58.00元
书　号 ISBN 978-7-5455-7200-1

咨询电话：（028）86361282（总编室）
购书热线：（010）67693207（营销中心）

从声音到文字，分享人类智慧